飯塚 功
Isao Iizuka

いい仲間いい仕事

ゴルフ語録と駆け抜けた日々

文芸社

ジャック・ニクラウス語録と過ごした日々

私の大学時代の親友が経営者をしていた工場に、「いい仲間といい仕事」というスローガンが掲げてあった。シンプルだがこんなスローガンがずっと浸透している職場で、働いている人はきっと充実した毎日を過ごしているに違いないと思った。

以下はゴルフに纏わる話ではない。自分で言うのはちょっと憚《はばか》られるが「いい仲間」に恵まれ、会社人生で最も「いい仕事」をしていた時の懐かしい思い出話である。職場が千葉県松戸市にあった営業所時代、私は会社で兵隊の位で言えば軍曹というところであった。今から二十七年も前のことである。

松戸営業所長。自らもブルドーザーだのパワーショベルだのを販売し四、五名の部下を同時に監督するプレーイングマネージャーであった。そんなある日、自動車販売会社のセールスマンだったと思う。彼が一冊の卓上カレンダーを置いていった。そのカレンダーには毎月ワンフレーズの Jack Nicklaus 語録が載っていた。つまり十二の語録があることになる。

先日古い書類を整理していたら、偶然手書きの汚い文字でＦＡＸ用紙に書き写した十二語録が出てきた。もちろん、シンプルな語録だから英語でも十分分かる。しかしながら誰が訳したか知らないが、日本語訳がなかなか素晴らしい。ゴルフ界の帝王ニクラウスをよく知り抜いているかスポーツの世界に詳しい人のものに違いない。

目次で紹介するが、例えば Positive thinking を「環境を敵にするな」とかである。

すっかり嬉しくなって私は日頃のマネージメントに、以降の会社人生に大いにこれを活用させてもらった。

私が会社人生のほとんどを過ごした会社は建設機械製造が主力のメーカーで、土を動かす仕事に関わる機械はほとんど造っていた。これは、そんな機械が使われる現場での、厳しかったが、それはまた楽しかった昭和五十年代の前半、六年近い歳月の格闘記である。そして今は亡きＮへの追悼でもある。

いい仲間　いい仕事★目次★

いい仲間　いい仕事

一月　Creative mind（競争が私に革新する心を教えた）

時は高度成長真っ只中で、日本中が住宅建設を中心としたインフラ整備が盛んだった。私たちの役目はそうした仕事に使われる建設機械を、土木建設会社に直接販売することだった。

なんのことはない、建設機械販売のセールスマンとサービスマンの集まりであった。機械は使われる現場によって、大きさ、種類、使われ方などが異なった。ある営業所は土地、海を埋め立てる機械が主力販売商品であり、都会の営業所は地下鉄現場で掘削する機械、またその残土処理に使われる機械等々地域によって特徴があった。

営業所はそうした現場の最前線で、販売からサービスまでを担当した。私が働いていた会社は建設機械に限って言えば日本のトップメーカーであったが、当時有力な重工業会社も皆手を出していた激しい競合が渦巻く世界であった。特に、CM社とかH社との熾烈な戦いは思い出深い。

そうしたライバル他社との戦いもさることながら、社内の小さな小集団、営業所同士の販売競争も激しい。その一面、楽しくゲーム感覚で夜を日についで働きまくっていた。

日本は"Japan as No1"などとおだてられていて、そうした言葉に弱い私はすぐに乗せられ"Matsudo as No1"になるのだと、自分にも部下にも宣言して皆を鼓舞した。

会社の主力商品はこの時代ブルドーザー、ホイルローダー、パワーショベルであり、主力三商品と呼ばれていた。目標は単純明快、この主力三商品すべての販売台数でトップを取ることだった。当時、関東支社と呼ばれた区域には二十七の営業所があり販売台数、金額、シェアなどを競っていた。売上金額では東京湾岸の埋め立てに使われる山砂の採取が盛んで、大型のホイルローダーが売れる君津営業所が最大のライバルだった。販売台数では埼玉県の川越営業所がライバル。指標によってもライバルは違った。そんな競争心を巧みに煽るWさんという人がいて千葉県の参謀本部長だった。

当時はまだパソコンなどという便利なものは、もちろんなく、それでも速度の遅いFA

Xが導入され始めていた。Wさんは筆巧みに毎月他の営業所の成績を送ってよこし、我々の競争心を喚起し続けた。「我々は毎月木に登らされる豚ですね」そんな冗談が通用する上司であった。我々は一生懸命不器用に木に登り続けた。経済成長が続いている時の行動規範は「実績のグラフは流した汗に比例する」であり、マネージャーとしての知恵が足りないとみるや「闇雲に汗を流せばいいというものではない。楽をして売れる工夫、システムを作るのも仕事だ」とくる。

当時我が社はブルドーザーのシェアこそ六割を超える圧倒的なものだったが、ホイルローダーはアメリカJ社との提携商品で客観的に見てCM社の品質、性能すべてにおいて、とても敵わなかった。

新車は昔、商品ごとに担当セールスマンが分けられ、ブルドーザーを中心とした建設機械を売る者、ショベルローダー（我が社はホイルローダーをタイヤショベルまたはショベルローダーと呼んでいた）を売る者に分けられていた。長い間Wさんはこのホイルローダーの担当セールスマンだった。彼の持論は「ユーザーを回りさえすれば売れる」ブルドーザーの担当者と違い、ホイルローダー担当出身者には優秀なマネージャーが多い、だった

（暗にブル売り出身の私を牽制したのかも知れない）。

なぜなら「ブルドーザーのK製作所」として認知された商品に比べ、ホイルローダーは外国提携企業との関係もあり運転方法が違った。言ったように品質、性能も劣った。同じ職場で働くブルドーザー担当に比べて販売には数段の苦労が、知恵が要ったと思う。従ってその販売の優劣はセールスマンの力量によって多分に左右されたからである。

全国各県でホイルローダーは負けて当たり前という風潮があり当然シェアは低かった。ところが千葉県はそのシェアが高く全国から注目されていた。私はこのシェア獲得にWさんのセールスマンとしての技量が大きく貢献したと思う。頭が良いうえに口八丁手八丁、ユーザーに絶大の信頼を置かれるセールスマンでもあった。私とは段違いである。

そんな彼の言葉には説得力があった。リーダーとしての確固たる力量を備えていた。

A leader is a dealer in hope.（リーダーは夢を売る人）そんな言葉がぴったりのかっこよさだった。

我が松戸営業所が管轄していたテリトリーは市川市、船橋市、柏市、松戸市といった人口密集地区で千葉県の総人口の七割が集中する東京のベッドタウンだった。

民力という言葉がある。人口の多いところは民力がある。民力あるところは需要がある。
勝手な解釈をして大型の機械の売れない、すなわち金額の伸びない不利を数でカバーする
心構えを皆で確認しあった。

二月　Rival in yourself（ライバルは自分自身の中にある）

長い会社生活で私は個人表彰というものに無縁であった。セールスマンとしては可もなく、不可もないごく平凡なサラリーマンだった。受け持ったテリトリー、客層、運で成績は左右されるものであり、落伍者にならなければそれでよいと考えていた。

前任地、成田営業所で初めて管理職になるまではそんな認識でいた。

管理職として初めて転勤したのが敵戦力の強大な松戸営業所で、これは「軍艦とモーターボートの戦いだ」と思わず呟いたほどの違いがあった。すなわち、目下の最大のライバルであるＣＭ社は国道十六号線沿いに大きな事務所、サービス工場、設備を持ちモータープールも備えていた。

比べて我が社の体制はセールスマンの数こそ同じ規模であったが、サービス体制は数人の直接戦力と小さな工場を持つディーラーだけだった。

事務所は北松戸駅前の小さなビルの三階を借りたもので、ろくな駐車場もなかった。松戸営業所は課せられたノルマから見て全国有数の営業所だった。

前任地、成田営業所は空港建設のために大手ゼネコンを中心に、それこそ全国から集まった建設業者の保有する機械のメンテナンスが主な仕事だった。

事務所こそ建設現場で見かける安いプレハブの飯場に等しいものだったが、モータープールがあり、同居していたディーラーさんのサービスマンもたくさんいた。

余談になるが、私はこの空港は開設できないと思っていた。私が二代目の所長として赴任した時は、かの成田空港反対闘争は下火になっていたものの、機動隊とデモ隊との小競り合いは依然として連日のように続いており、とても現地反対住民との和解が成立するような雰囲気ではなかった。私の事務所と道路を隔てて墓場に隣接した空地があった。〝鬼の三機〟と呼ばれた警視庁第三機動隊がそこに駐屯していて、飲み水などを貰いに来た。別にそんな意識は持たなかったが体制派と見られても仕方なかった。

現場では当時火炎瓶でブルドーザーが焼かれたり、糞尿がかけられたりしていた。あれから三十年の歳月が経つが未だに全面和解には至らない。

そんな営業所から、サービス部門が全く弱体で、ノルマばかり大きな営業所への転勤である。ストックシェアはCM社に圧倒され、営業、サービスとも真面目に働いてはいたが士気は低かった。会社もそんな環境は分かっていて、国道十六号線沿いに敷地が確保してあったが、なんとそこは市街化調整区域で事務所など建てられる場所ではなかった。「いずれ解除になる」くらいのことを業者に言われて、業務担当者は購入してしまったのだろう。

広さ、立地とも申し分ない場所だったが、私の六年間にわたる在任中、陽の目を見ることはなかった。

「負けて当然、勝ったら不思議」が着任第一印象だった。

「ライバルは自分自身の中にいた」

私と一緒に転勤してきたY君という営業マンがいた。彼は慶応大卒の定期採用組で希望は海外勤務らしく地方営業にまわされたことを不満に思っているようだった。会社は彼のような学卒定期採用で営業戦力を増強する一方で、商品の品質が安定してきたこともあって、サービスマンを営業マンに仕立てることを目的とした人事を始めていた。

同時に自動車産業のように製販分離の政策が取られ始め、力のあるディーラーのある県からDB化（デストリビューター化）政策というのも始まっていた。

千葉県はその候補となっていた。地元に密着した営業、サービスがユーザーに提供できる、が謳い文句ではあったが会社側、組合側とで労働条件などが煮詰まっておらず、「出向」という言葉は左遷を意味するようなニュアンスがあった。後日のことだが、事実ある上司など他県で成績が悪い者に「CK販売に送り込むぞ」などという言葉を使った。子会社に行くと労働条件が悪化することを暗に認めた発言だった。

さてY君のことである。

私はこの七年程前、赤坂の本社に勤務しており、Y君が実習生として入ってきたのを憶えていた。背の高いスマートな慶応ボーイであった。その真面目すぎるくらいな性格は変わっていなかった。朝、必ず一人皆と離れて『日経新聞』に目を通してから営業に出た。

当時、私を含めて朝から営業所で新聞など読んでいる者なぞいず、変わり者に見られる雰囲気であった。私も着任したばかりで、営業マンたるもの一軒でも多くユーザーに接し、情報を取ることしか頭になかったと思う。Y君はそんな私をむしろ皮肉な目で見ていたかも知れない。

彼にはテリトリーで最難関と思われる柏市役所の周りを担当させた。柏市には最大のライバルCM社の関東地区を統括する支社があり、柏市役所のすぐそばにあった。

目視シェアという業界用語があった。建設作業現場で見かける機械（ブルドーザー、ホイルローダー）のメーカーの数でシェアを推測するものである。この辺り、見かける機械は圧倒的にCM社の物であった。当たり前の話だと皆が捉えていた。「仕方がない」が本音であった。役所には環境部、土木部、建設課だの道路維持課などがあり、役所自体が必要な建設機械を保有していた。柏市役所は当然のようにCM社のオンリーユーザーだった。たとえ、指名参加願いを出していても随意契約に近いところでCM社に取られると思うのが常識であった。役所の担当者としてもCM社にしておけば価格はさておき、サービス面、使い勝手、すべての面でノープロブレムだ。これが通常考える道理と言うものだろう。税金をたくさん納める地元の会社だし、議会も満場一致で承認する。いや、してきたに違いない。

Y君の日報を見るうち、ある日ふと柏市役所を訪問しているのに気づいた。「買ってくれる訳がない」という先入観があるから「無駄なことに時間をかけるな」と暗に言っている私がいた。

民間企業と違って役所は購入時期が決まっているから普通なら現場から始まって、役所担当者、さらにはその上司と定期訪問は欠かせない。手間が掛かる割には大量受注ということもないから理屈では分かっていても営業マンの役所訪問は手を抜きがちだ。ましてや柏市役所においておや、である。むしろ、マネージャーの管理責任が問われる世界だ。そのマネージャーである私にそんな風な思い込みがあるのだから勝てる訳がない。勝てる訳がないはずだった。

その柏市役所のそれも環境部清掃課（だったと思う？）で話があるのだという。この本を書くにあたり懐かしいので市役所の組織を調べたら担当した部署があった、あった。環境部、クリーン推進課、清掃工場建設課、環境サービス事務所、清掃工場、清掃収集事務所、環境保全課。

東京から来て何ら先入観も持たずに、ごく当たり前の営業を開始したY君に神様は一番先に情報を与えた。疑心暗鬼の私を連れてY君は柏市役所の清掃課を訪れた。珍しい名前だったのとその人の余りの侠気（男気）にすっかり感心しほれ込んだ憶えがあるので実名で書いておこうと思う。

泉水《いずみ》さんという清掃課長だったと記憶している。できれば頂いた名刺で振り返りたいのだが見つからないだろう。普通いずみさんは和泉さんか泉さんだろう。珍しい字を書くいずみさんだったと記憶しているから間違いなかろうと思う。

商談そのものはこういう話であった。

この頃まで市役所の清掃課は集めたごみ（生ごみを含めて）を郊外に埋め立てていたらしい。新しく焼却炉が完成し、そうした生ごみは焼却処分されることになった。生ごみを埋めてきた土地に高校を建てる計画が持ち上がった。ところが生ごみを埋め、ブルドーザーで覆土しただけだからふわふわの土地である。これをもう一度締め固めて硬い土地にする良い方法はなかろうかというのが話の発端だった。

Y君は当時珍しいWF22T（トラッシュコンパクター）という機械を勧めた。文字通りごみ圧縮機械である。埋立て地でこの機械を使えば、従来の埋め立て工法の三倍埋められるというものであった。当時、大型のタイヤショベルを母体として、タイヤの代わりに材木などの建設廃材をこなごなにする歯を持った鉄輪を装備していた。この鉄輪、中が空洞になっていて水が入るようになっていた。それぞれ一トン近い水が入り最大重量は二十五トンにもなった。自重と鉄輪についたカッターで物をこなごなにし、そのあと自重で転圧するのがその役割である。

従って、輸送時は水を抜かないと回送車そのものを破壊する恐れがあった。これにブルドーザーの排土板をつけた姿がその全容だった。価格は当時で三千万円くらいしたと思う。この機械を使って一度埋められたごみを掘り返し、転圧し直そうというものであった。ごみ捨て場の跡地利用の計画だった。

この時、当然ＣＭ社にも競合機があった。鉄輪についたカッターの形状が我が社と異なり、いずれ機械性能比べになれば争点となる部分だった。ところが一向に相手、すなわちＣＭ社の影が見えない。こちらから言い出すこともないので敢えて敵のアプローチの様子、商談の進み具合などには触れなかった。

敵（と敢えて言おう）は明らかに油断していた。「商談が地元のCM社に来ない訳がない」と踏んでいたのである。我々は環境部内のあらゆる箇所でCM社の動きを探ったが形跡はない。いずれ情報は漏れるに決まっているが「もしかすると本当に闘えるぞ」という気になってきた。入札時までにあらゆる手を打って競合を有利なものに導いておこうとした。あくまで機械性能、アフターサービスを説き、熱意を真っ当に伝える商売の基本に徹した。

「勝てるはずがない」という先入観、敵は「自分自身の中にある弱気」の払拭だぞ、と言い聞かせた。Y君の仕事を完成させてやることが彼の努力に報いる最大の褒美だった。

まさに敵の牙城に橋頭堡を打ち立てる心境だった。情報が漏れることを恐れ、Y君と二人だけで柏市を訪れ根回しした。

泉水さんはY君の熱意を誉めた。それは同時にこの期に及んで営業マンの影すら見えないCM社への不信だったと思う。人間、条件が近かったら誠意、熱意のあるほうに傾く。この誠実な男が属する会社だったら、少々のサービス力の弱さなどきっとカバーするだろうと読んでくれたに違いない。Y君にしても、私にしてもセールス冥利に尽きる場面だった。

プロセスは完璧だった。が、結果に向かって間もなく、この商談はCM社も知ることとなった。見たわけではないから分からないが、その動きからCM社の慌てぶりは大変なものだった。市に多額の税金を納める会社が他市の、それも小さな、ろくなサービスも持たぬ営業所の軍門に下るわけにはいかないという様子がありありだった。

これまではきっと地元の市会議員や関係深い建設業者の思惑で、ほとんど随意契約に近い状態で落札されていたに違いない。前にも書いたが役人というものは前例がないことには手を出したがらない。いや役人でなくともできれば無難な方を選んでおけば、リスクは少なく言い訳が効くというものだ。

ところが泉水さんはY君の誠実さのほうを選んだ。もし入札で我が社が落札した場合、市議会などの承認を得るためのデータなぞ我が社が有利なように揃えてくれたのだと思う。

そこには袖の下や議員圧力などの姑息な手段でなく、あくまで熱意だとか、誠意が通じる人間のいる、真っ当な人間のいる嬉しい世界があった。

昨今、役人が無能の集団みたいに言われることがあるが、どて、こんな武士（サムライ）もいたのである。Y君の心意気を役所という〝特殊な〟組織の中でもきちんと評価してくれる人がいた。人間の価値判断基準を自分のうちに頑として持ち続けられる人がいるものだと、感激を新たにした経験だった。こうした人は世間の一般常識では変わり者であり、往々にして、所謂《いわゆる》、出世とは縁遠い。

さて、プロセスは完璧に進んだが肝心の結果である。果たして、我が社の随契とはいかず、CM社との競合入札となった。こうなればこうなったで、我が社には先述したWさんという、悪く言えば悪知恵に長けた、よく言えばこれ以上頼りになる人はいない参謀がいた。

泉水さんという硬骨漢がおられるから敵は変な手管を使えない。文字通り、価格の一騎打ち、手の内の読み合いになった。Wさんと二人熟慮を重ねた入札は我が社に落ちた。

これは敵の本丸にわずかな隙をついて侵入、橋頭堡を築いた話である。

就任して早い時期、本当に私はいい経験をさせてもらった。ついていた。後章で「運も実力のうち」と考えるようでは大成しないとあるが、Y君のこの手柄話は以後の仕事の根源となった。「運も実力のうちさ」と嘯《うそぶ》く哲学になった。仕事が楽しくなった。自信に満ち満ちていた。そしてRival in yourself「敵は心の持ち方だ」と言い直す自分がいた。

この話には後日談がある。

醤油の町で知られる隣の野田市で同じような商談が程なく持ち上がった。先の失敗に懲りたCM社は考えられるあらゆる手段を講じてきた。

柏市と同じように今まではCM社のオンリーユーザーであった。CM社は我が社の支社に当たる組織挙げてこの商談獲得に乗り出してきていた。

営業は環境部はじめ関連箇所を緻密に訪問していた。サービス部門はオペレーターから管理者まで手を回し、全員がCM社製品の支持者であるかのようであった。緘口令が敷かれたのか現場からの情報はほとんど入らなかった。担当はM君であったが柏市で得た自信のもと我が社も執拗に攻め続けた。程なくこの商談は立ち消えになったかのように消滅した。

消滅したかのように見えた。が、裏で何かが画策されていたのである。

ある日、現場にCM社のトラッシュコンパクターが納入されているとの報告が入った。狐につままれたような話であった。真相をつかもうと躍起になったがうやむやにされてしまった。

やがて、CM社の支店長が収賄容疑で逮捕されたことを新聞で知った。我が社ではWさんの地位に当たる人である。「過ぎたるは及ばざるが如し」。一歩間違えばこちらの手が後ろに回るところだった。断っておくがこの話、我が社が告発したものではない。むしろ同病相憐れむの心境だったような気がする。

三月　Cause and effect（原因と結果を常に考えてきた）

当時、ＴＱＣ（Total Quality Control）という言葉が日本では経営手法の一つとして育っていた。

もともとは製品の品質管理（Quality Control）ということであくまで品質向上のための手段だった。我がK製作所でいえば、この十五年程前、世界一のアメリカの建設機械メーカーC社がこれも日本一のM重工業と手を組んでCM社を設立した。K製作所は日本ではブルドーザーのトップメーカーであったがまだ品質はC社には及ばないとされ、CM社のもとで早晩つぶされるだろうと思われた。

Ⓐ（まるA）作戦と呼ばれる品質管理活動に全社挙げて取り組み、製品の品質向上に成功した。工場はQCサークルという小集団を組織して製品をあらゆる面から見直し知恵を

出し合ったそうである。〝そうである〟と書いたのは当時私は銀座にあるBという文具、印刷関係の会社に勤めており、機械メーカーのそんな小集団活動があることやこの業界が貿易自由化の矢面に立たされていることなぞ無知もいいところだった。

ここではそんな昔のQC活動はどうでもよい。製品の品質は確実に上がり、ことブルドーザーに関しては圧倒的な高シェアを維持した。赤坂溜池の本社屋上には巨大なブルドーザーの模型が勝利の象徴として飾られていた。

全社的品質管理活動。日本の経営者は品質向上を会社の質、つまるところそこに働く人間の質まで向上させようと目論んだ。ある部分理には適っていた。いい結果には必ずいいプロセスがある。「結果を管理するのではなく、結果で管理しよう」という言葉が流行った。

管理という言葉には何やら抵抗感がある。人間とは厄介なもので管理されていると思うと自由が欲しくなる。束縛から解放されたくなる。会社を含めて、組織に属するということはそうした自分勝手が許されない世界に入ることである。

でもそんな難しい基本認識など持たないで会社に入るなあ、普通は。ちょっとだけ臍《へそ》が横についていた私は、常に自分の行動に「規範」が要った。このくらいの人数の親玉なら務まるだろう。

TQCを使わせてもらおう。

ジャック・ニクラウスの言葉はまさにTQCの原点だった。マネージメントの原点があった。いいショットは必ずいいスイングから生まれる。いいショットの積み重ねがいい結果を生む。ゴルファーは他のスポーツと違って限りなく孤独だ。「プロセスも大事だが結果がすべてだ」を、身をもって知り抜いている。その帝王ニクラウスが追い続ける Cause and effect は限りなくかっこよかった。「俺が言っているんじゃない。ジャック・ニクラウスの言葉だ」とその頃流行りだしたゴルフにかこつけて毎日の行動の Plan, Do, Check, Action を諭した。所謂、PDCAの輪を回した。

Y君の成功体験は私に絶対の自信を持たせてくれた。

いい出来栄えの仕事にはいい出来栄えに至るだけの原因があった。思い当たる数々があった。思いもかけない波及効果も生んだ。普段ろくに口もきいてもらえぬCM社ユーザーには格好の糸口となった。「柏市役所が買ってくれた」は遠のきがちな他社ユーザーへの訪問の頻度をあと押しした。自然とすべての担当ユーザーに対する訪問の量、質が向上した。

管理する立場からそれが見えた。私を筆頭にみんながPositiveであった。

品質管理活動は基本的には数値化されて初めてその効果の具体性が確認される。製品の質の向上は明らかに耐久性が増した、燃費が向上したといった特性で数値化できる。だがこうした気運などの高まりなどは数字には表せない。勢い、「こうして売上高が増えた」などという大雑把な物語になってしまう。何か代用特性みたいなものを探さねばならない。

それでも訪問の量などを経験から数値化して、QC的に営業活動を見ようとする動きはあった。だがこれは所詮訪問活動という営業のプロセスの一部であり、正当な結果に結びつく相関関係は得られず、ある特定一部の管理職の自己満足に終わったと思う。

何はともあれ営業活動もいい結果が得られたものには必ずいいプロセスがあるはずだ。いい結果に結びついたプロセスを何とか日常の営業活動の中で標準化し、皆が共有できるものにしたいと思った。

あのニクラウスは勝った時のいいイメージを持ち続けようと一人必死に自分に問い続けるのだろう。負けない、負けるはずがないという自信と、決して諦めないという我慢の哲学で。

勝負には勝ち負けがある。負けたら負けたなりにそのプロセスを反省し何かを得ようとする姿勢を学んだ。失敗を糧に同じような過ちを繰り返さないようにQCストーリーにまとめた。QCサークル大会というTQC活動の成果を発表する場があった。その場で私はその成果を営業成績で問うた。「私」は、と個人の手柄のように書いたがTQCを自分の行動の規範にしてやろうと思っており、ある部分思惑通りに事が運んでいたのでそう言い切る自信もあった。

QCサークル活動とは本来全員参加がその基本理念にある。言ったようにTQCを使わせてもらおうと考えていた私は敢えて「TQCはそこのトップがやるものだ」と言って自ら作ならびに演出を買って出た。というより自分でストーリーに書き上げた。

営業活動のような「物」が対象でないものは数値化して分かりやすくするのは難しい。

品質管理活動は文字通り物を対象にして始まった活動であるから解析手法にも限界がある。無理がある。

皆で知恵を出し合って討論している暇なぞ現実にはなかった。それを「QCサークルを回せ」などと言っても「QCは苦しい」と思われるだけだった。

先にも触れたが、千葉県は販売会社化しCK販売株式会社となり組織も変わった。昭和五十三年一月一日、一九七八年のことであった。松戸営業所は松戸支店になり私は初代支店長になった。支店長といっても別に給料が上がったわけではなく、かえって出向先管理職という身分の曖昧な立場に立たされ不安だった。ただ、人数は増え営業は一課、二課に分かれ、先に出向していたKとTという二人がそれぞれ課長に就任した。

CK販売株式会社はK製作所の一〇〇%子会社であった。勝手な経営方針を標榜することはできず無論TQC活動が経営手段の基本に据えられた。

そんな会社の中で私は初めてQCサークル大会というものを体験した。

支店の業績は向上していた。それは日頃標準化して営業、サービスが一体となって現場訪問を徹底した成果である、というストーリーにまとめて参加した。ちょっとだけその内容に触れる。

　我々が販売した機械の主なお客さんは中小土木建設業者で、訪問する先は事務所の他に必ず作業現場があった。現場は機械の購入情報の他に、不具合情報、他社の動き、新商品開発要望など情報の宝の山があった。

「見ざる」「聞かざる」「話さざる」という言葉がある。これを利用して、現場訪問したら現場のすべてを「見てやろう」、あらゆる情報を「聞いてやろう」、新商品情報を「話してやろう」に変えマニュアル化した。というようなことを自慢話、苦労話にまとめたというわけだ。

　私は人前で話をすることが下手だった。加えてあがり性だった。自分で発表するつもりは毛頭なかったが、私が発表していたら上手くいかなかったに違いない。

　このQCサークルのリーダーにM君を選んだ。彼は入社当初サービスマンとして採用されており、セールスマンとしての経歴は浅かった。特に誉めることもないかわり、失敗も少ないごく普通のセールスマンだった。ただ、日報をもとにその日の活動の様子を感情豊かに明快に報告した。大会での発表の練習は何回もやったが、私の言いたいことを一〇〇

％上手く説明しきったと思う。何度も言うようだが私は自分がその立場に立ったら半分も表現できなかったに違いない。改めて人にはいろんな才能が隠れていると思った。

M君率いるサークルはK製作所本社で行われる全国QCサークル大会営業部門で金賞を受賞し、CK販売（株）の名を大いに高からしめたと思う。

この受賞で、スポーツでいえばCK販売KKはシード権を与えられたような立場に立ち、翌年はまた北陸から転勤してきたM君をリーダーに仕立て連続優勝した。

M君はまだ北陸弁が抜けない弁舌で個性豊かに活動の様子を表現した。

適材適所とはこういうことだと実感していた。

二人の弁士を得て職場はさらに明るく、自信に満ちていったと思う。

四月　Open mind（素直さが新しい発見を呼ぶ）

部下にこんな男が何人もいたらマネージャーは要らない。果たしてK君はのちのち出世頭になるが、学校の通信簿で点を付けるとすれば差し詰めオール五という人間だった。

彼は私が松戸市に来る直前にK製作所千葉支店のサービスのフロントマンから営業職に代わったばかりだった。いささかはったり気味のところもあったが、元サービスマンの強みを如何なく発揮したセールス活動を展開していた。故障診断から簡単な修理なら現場でやってしまう、ユーザーにとっても頼りになる所謂、セールスエンジニアであった。

K君は一年足らずして前述の組織変更で、ライバル君津支店に持っていかれてしまうことになるが気持ち悪いくらいの卓越振りを思い出し、彼の苦労にマネージャーとして報いることができなかった才覚のなさを感じた日々が忘れられない。

私を連れた同行訪問でもオペレーターからの苦情を聞くや、常備している作業服にさっと着替えて機械を点検した。営業日報はセールスマンにありがちな提出遅れもなく綺麗な字で完璧に仕事内容を報告した。その内容は詳細を極め、これがセールスに出たばかりの人間のやる仕事かと呆れるばかりだった。

性格も素直で全く経験したことのないセールス活動のノウハウを私の言う通りに実践していた。私は王や長嶋と違ってプレーヤーとしての実績はなかったが逆に自分ではできないああしたい、こうしたい、ああすればいい、こうすればいいという理屈だけは人一倍学んでいたような気がする。一流のプレーヤーでないだけに一流プレーヤーの凄さを詳細に観察する目は鋭く養われることもあるのだと思う。ゴルフでも超一流のプレーヤーがレッスンプロに意見を求めることがある。一流の人間とは素直に他人の意見に耳を傾ける度量を兼ね備えているということだろう。K君はそんな私のレッスンを疑いもせず耳を傾けてくれた。

Y君の柏市役所攻略で自信を深めた私のマネージメントは直球一本槍であった。ユーザーのほとんどは中小企業で購入決定権がある社長が商談相手であるから話は早い。

商品に差がなければ真面目にそれも頻繁に通ってくれれば「うちにもこんな社員がいたら」と思い「こいつから買ってやらないわけにはいかない」となるのが人情だろう。我が松戸モーターボート軍団は動きの鈍い敵、CM軍艦の間を敏捷に、パワフルに動き回って着々と成果を上げていた。

世の中、こんな上手い話ばかりだったら苦労はない。その代わり進歩もないというものだ。

K君のテリトリーは市川市、船橋市といった人口密集地であり、一方で東京湾岸の港湾荷役業者、軽量骨材を製造する大手の会社もユーザーの一部を構成していた。

Mという財閥系の軽量骨材メーカーの製造現場があった。出来上がった製品を山にして積み上げたり、大型トラックに積み込むためにブルドーザーだのホイルローダーだのが使われていた。そのほとんどは下請けのT商事の持ち込み商品であったが一部M社自身が保有していた。

T商事は我が社のオンリーユーザーでありM社の内部にも精通していたからM社の購入情報はすぐにつかめるという状況にあった。

その現場事務所にHさんという購入機械担当者がいた。彼は一見人当たりが柔らかく、いつもニコニコと迎えてくれた。

そんなある日M社自社保有の機械の商談が持ち上がった。大会社であるから当然予算取りがある。Hさんの応対振り、T商事の応援、現場オペレーターの意向からすべてが順調に移行すると思われた。が、一向に商談が進展しない。Hさんには中元・歳暮、奥さんの誕生日には花束も届けた。北小金の安キャバレーで大騒ぎして普段からぬかりはないつもりでいた。

何のことはない。地獄の沙汰も金次第なのである。相談を持ちかけずあとでこっぴどくやられたが、Wさんだったらこんな商談は最も得意とするところであっさりと勝利しただろう。

Hさんに幾らつかませたらいい、などの場面は全くつくれず敗退した。直球一本槍の私の配球ミスだった。この時まで、私は「袖の下」を使った経験はなく、以降も経験することはなかったが嫌な思い出の一つである。

世の中にはこうした類の人間がたくさんいることは確かである。先の野田市役所の一件もそんな一つの例だろう。民間挙げて必要悪で片付ける世の中を、いつの間にかつくってしまった。

K君がその後、この経験をどう生かしていったか聞いてもみないし、聞きたくもない。先にも触れたが彼はその後、個人実績はもとより、マネージャーとしても輝かしい成績を収めた。むべなるかな、である。

五月　Competitiveness（競争心をもて）

メンバーは多彩だった。個性に満ち満ちていた。一課長のT。二課長のK。この二人の個性に纏わる思い出は尽きない。私は二人をそれぞれ「マムシのT」「スッポンのK」と綽名した。二人の商売の、質の違いを言ったつもりである。

二人はそれぞれ二人ずつ部下を持ち自らもテリトリーを持っていた。松戸市、市川市を境にTが松戸市、柏市のある北地区、Kは船橋市のある人口密集地区を受け持った。

二人のM君がQCサークルのリーダーで二年連続して金賞に輝いた話をした。あとで触れるこの本を私に書かせたもう一人の主役NはTの、UはKの部下だった。

急にT、Kと君抜きで呼び捨てにしたのには訳がある。親しさの深さもさることながら、長所も欠点も丸出しにした毎日で、文字通り名前の呼び捨てから、「バカやろう」「二度と会社に来るな」などという叱責に付き合ってくれた戦友だった。N然り。先の組織変更で営業所が支店になり転勤していったY君とK君の優等生振りとは、優秀ではあるが全く異質の欠陥だらけの仲間だった。

常々私は自然のユーモアとは最高の知性だと思っている。たとえそれが知識の裏づけのない感覚的なものであっても。そんな意味では、一方で知性溢れる愉快な戦闘軍団だったと思う。

（1）Tのこと

長くセールスに携わった会社生活で、買ってくれると言ったお客さんを断れと言ったのはT以外に経験がない。もちろん不良債権があったり、性質《たち》の悪い問題ありのユーザーというわけではない。

「今日注文が取れると思いますので挨拶に行ってください」ある日Tに言われた。とび職で個人ユーザーだったと思う。和室で「社長」を待つうち、ふすまが開いて突然お婆さんが現れた。彼は目配せで私に「無視しろ」という仕草である。

どうやら社長のお母さんらしい。「支店長さん、お願いですから息子に機械を売らないでください」と涙ながらに言うのである。訳が分からず困っている私に彼は再び「無視を決め込め」と合図をする。こういうことであった。

お人よしで、やや気弱、だが機械好きの息子がまた機械を買うと言い出した。こうしたユーザーは彼にかかったら蛇に睨まれた蛙である。別に凄むわけではないし、凄む権利もない。ただそんな雰囲気を持った人間っているものである。頼むからあいつだけは寄越さないでくれというユーザーが彼には他にもいた。

月賦の支払いで苦しんだ経験があるのだろう。お婆さんの訴えに私はたじたじとなった。悪気はないがこんな時当たり前の話だが、彼は非情だった。こんな話にいちいち付き合っていたら激しい競争社会に生き残れないというものだ。私の弱気を見透かすかのように彼は私を睨んで牽制した。やがて帰ってきた社長はにやにやしながら彼から目をそらすように「あとで話をしよう」という素振りをした。この商売のその後、つまり成立したのか中止になったのかなぜか憶えていない。

Tの凄みは裏目に出ることもあった。前の話のように気の弱いお客さんは彼に噛まれたらひとたまりもなかった。マムシと綽名を付けた所以《ゆえん》である。

これが気の強い相手だと酷いことになる。

「Tを出せ」ある日、ヤクザまがいの男が血相変えて事務所に飛び込んできた。商談の途中でよほど腹にすえかねたのだろう。Tは時々人をバカにしたような目つきをすることがあった。先にも触れたが決して本人に悪気はないのだが、人によっては言い知れぬ薄気味悪さを感じさせる個性であった。男は野球のバットを持っていた。商談の途中余りの彼のしつこさ、強引さに辟易して頭にきてしまったらしい。近くにあったバットで彼が乗ってきた乗用車のボンネットを一撃した。驚いた彼は何処かへ逃げ隠れた。それを追って事務所に現れたというわけである。

落ち着いて話してみれば、少々気短なところはあるがごく常識的ないいお客さんだった。Tの非礼を上司として丁寧に詫び、男の事務所に同道した。Tの車はボンネットの真ん中がものの見事に凹んでおり男の怒りの様が分かった。この車は私が運転して事務所に持ち帰った。一つ間違ったら殺人事件にでも発展しそうな話だったが、彼は特別弁解をするでもなくけろっとしていた。嘘のような本当にあった話二題である。

こんなことがあって私はなるべく彼との同行はしないようにしていた。なまじ私が一緒に行ったら成立する商談も成立しなくなってしまうかもという懸念があったからである。ずるい上司であった。

その個性ゆえに「二度と来るな」と断られ失ったユーザーも多々あったと思う。しかし、失う客以上に獲得する客も多かった。ここ一番と期待した時の、頼りがいはナンバーワンだった。あとで書くKと比べて商談の数こそ少なかったが、成約する確率はTの方が格段に高かった。毎月末、数字をまとめる時、会社への予想数字を提出するのだがTへの私の信頼度は抜群だった。

彼は自分で実践してみせるマネージャーのタイプで、持ち前の行動力で新しいマーケットを開拓した。特にとび職といわれる世界に圧倒的に入り込んだのが印象深い。

建物を曳く、所謂曳き家だの、解体の仕事の世界である。古くからあるこの仕事は最近でこそ曳き作業などは少なくなったが伝統的に存在していて、お金のあるいいユーザーが多かった。世代交代で、若い二代目、三代目の世代は機械を利用するようになってきた。

この頃から市街地は再開発が盛んになりインフラ整備に力点がおかれた。機械はパワーショベル、巷間新聞などで言われるショベルカー全盛の時代を迎えるのである。

それまで、ブルドーザーが建設機械の代名詞だった。そのブルドーザーを中心に前述したようなCM社との戦いにしのぎを削っていたのである。ところが戦いの相手が微妙に変わってきた。パワーショベルが建設機械の中心になってくると競合相手が俄然増えた。

話をTの商売に戻そう。彼らの強烈な個性こそが遅れて参入したパワーショベル業界での失地回復に多大の貢献をしたのだ。この業界で他社に追いつき追い越せの先兵となったと私は信じて止まない。

バットでぶん殴られそうになった先の武勇伝は、とび職という新しいマーケット開拓の途中での勇み足である。熱心さの余りの非礼であって決して悪気に基づいたものではないことを私は懇々と訴え彼をかばった。大人の社会の中での話である。彼とこのユーザーの心との関係の修復は難しく元に戻ることはなかった。だが根は単純で気っ風の良い男だった。

説得に入った私と不思議に馬が合ってこの商売も陽の目を見た。

血液型などというものは余り信用しないが、彼は日本人では一番数が少ないAB型だった。そういう目で見ると明らかに他の仲間と違う。A型の私などとは執念が違う。しつこさが違う。

やがて、とびS、とびY、Oとび、T土建といった風な名前のユーザーが増えてきたのに気がついた。「とび職」。そう、あのだぶだぶズボンに脚ハン、地下足袋、ねじり鉢巻等々あのいなせなお兄さんたちの世界である。この辺り、松戸市の周辺はいずれも従業員四、五名の小さな組織で構成される個人企業であり、会社であった。横のつながりは強いらしく、彼の手口はその口コミを利用することだった。ともかくまめであった。商売だから当たり前と言ってしまえばそれまでだが、駄目セールスながら同じセールスマンだった私が言うのだから間違いない。私が知る限り、仕事以外趣味はないのかと思われた。口が特に達者なわけではない。ゴルフは下手。一緒に回ってそのお客さんとのやり取りから判断すると、懐深く入り込んで安酒を間にしながら情報を収集するという極めて真っ当な活動なのである。「セールスに王道なし」。特に大きな機械を買ってくれる客があるわけでもない地域を任されてコンスタントに実績を上げてくれた、忘れられない一人である。

特に大きな機械を買ってくれる客がいないと書いたが、のちのち、彼は大型建設機械に匹敵するアイアンモールという特種機械の販売台数では恐らく、日本一の実績を上げたのではないかと思う。

当時、K製作所が開発した小口径推進機械は激しい競争もなく、Tはこの機械を利用して大手CMユーザーの攻略に成功した。この機械のこと、またこうした新しい機械が登場するとそれに纏わるエピソードが出てくる。それについては彼の部下だったNの章で彼の実績と絡めて改めて触れたいと思う。

後年、若くして彼は二人の子供を残して奥さんに先立たれた。葬儀に間に合わず転勤先から一人駆けつけた私を、仏前に座らせて「飯塚さんですよ」と遺影に話し掛けた姿を今もはっきり覚えている。その時が私の、彼の奥さんと対面した最初で最後であった。

（2）Kのこと

すっぽんのK。こちらはTと違って毒がない。その代わり食いついたら離さない。しつこさという点だけは似ていたが二人は全く異質のライバルだった。

Tのことを先に書いたのは優劣の問題ではない。Tが一課長。Kが二課長だったのでその順番で書いただけの話である。

Kは文字通り口八丁手八丁のセールスマンだった。前にもちょっと触れたが二人が現出する結果のパフォーマンスが違う。

月初計画を提出させる。Tが提出してくる一課三名の目標はいつも与えられた計画ぎりぎりのものであった。反してKの二課三名のそれは計画の一二〇%、一三〇%というものであり、眉唾と思いながらも管理にいる側は一瞬意欲の高さに喜ばされた。

人間の心理というものはおかしなもので、月初はKが頼もしく見え、月末はTの確実性に信頼を置いた。分かりきったトレンドなのにそんな二人にいつも一喜一憂させられた。締めてみれば優劣つけがたい成績で終わるのだが。

「こんなにできるのかい?」月初計画の段階でいつも同じようにKに問う。「大丈夫ですよ」が口癖だった。ただ必ず「やらなければならないのですよ」と補足した。私に大見得を切って、自分を鼓舞するやり方だった。結果として、大抵、目標は大きく減るのであるが、計画に近い実績を上げるので大した文句も言えず「お前にまた騙された」と笑うのだった。

何処でいつ修行したのか聞いたことはなかったがKはゴルフが上手かった。「飛ばすことだけがゴルフじゃありませんよ」。彼の商売そのもののようにしつこい、しつこいゴルフだった。小柄で痩身、軽量だから無理もないがドライバーは飛ばなかった。が、正確無比にフェアウェイのセンターを捉えた。グリーン周りでの小技は冴えた。サンドウェッジでのアプローチショットは絶品だった。そんな非力なKだったが、調子が良いとラウンド80がらみで回ってくるから脅威であった。

山に、谷に打ち込みながらそれでも力でグリーンに近づいてくる私をあざ笑うかのように「ゴルフは上がって何ぼ、ですからね」いとも容易くパー、もしくはボギーでまとめ上げた。彼と一緒にプレーすると「そんな刻みゴルフの何処が面白い」と負け惜しみを言って鬱憤を晴らすのがせいぜいだった。

ゴルフは小技が冴えたが、商売は大技も見せた。

船橋市にN興業という会社があった。もともとは建築資材を扱う会社であったが商売繁盛でタクシー会社なども経営していた。納税ランクで確か千葉県で五指に入っていたと思う。どういう訳か、他社との混合ユーザーで我が社はその保有機械を全く把握していなかった。

Kが担当となって通い始めるうち、建材部門は福島県、静岡県に砕石工場、東京都下、千葉県にストックヤードを持つ大ユーザーであることが判明した。

建材部門のトップでありN興業創設者の一人であったIさんという常務に彼は巧みに取り入った。当時N興業の購入する機械の決定権限は現場の工場長、所長に任されていた。のちのち、現場を訪問するようになってその保有する機械の多さ、大きさに驚かされた。

我がCK販売はみすみす宝の山を放棄していたのであった。取り敢えずは一台一台の商売に絡むこともさることながら、彼は本社で一括購入するメリットを常務に言葉巧みに理路整然と説いた。話を聞いてさえくれればもうKの世界である。

立て板に水とはこのことを言うのだと思った。普段の雄弁ぶりは胡散臭さを覚えるKだったが、こうなると頼もしい限りであった。東北の入り口福島県の砕石工場で我が社の機械を一、二台保有していた以外は他社、それも圧倒的にCM社の大型機械が多かった。元来、我が社より価格は高いうえ、ほとんど競合なしだったからCM社ではドル箱だったろう。

裏を返せばＮ興業は高い買い物をさせられてきたということだ。初めての取引は福島工場での二十トンダンプの話だったと思う。こうしたダンプはオフロードダンプと呼ばれ大きすぎて一般道路は走れない。競合があることに気づいていないＣＭ社のセールスマンはごく当たり前に、今まで通りの見積りを提出した。

我が社はといえば、宝の山が崩せるか否かの瀬戸際である。手はあったが、敢えて相手の見積り価格を探ろうとはせず、策士Ｗさんを交えて相談し、破格の値段で臨んだ。無論、以後のこともあるのでそれなりの利益は確保したものではあったが。

柏市の時と違って成算はあった。相手は民間企業だし、価格条件には敏感だ。思った通りの反応だった。口にこそ出さなかったが常務は価格差に驚いたのだろう。Ｋの言う本社一括購入のメリットとやらを信じてくれた。逆にＣＭ社は不信をかったと思う。

間もなく、この商談は成立した。どこかで聞いた言葉だが、この一歩は小さな一歩ではあったがやがて我が社にとって大きなドル箱となる大きな一歩の礎となった。

またまた美味しい話を書いてと思われても困るので、そうは問屋が卸さなかったという話にも触れたいと思う。

コンペティターは普通ライバル会社であるが、支店や工場などが他県にあったりすると必ずアフターサービス関係がついて回る。

N興業ではわずかな台数であるが唯一K製作所の製品、つまり我が陣営の機械を使ってくれていた。販売はK製作所東北福島支店、サービスはT重車両という地元の有力ディーラーが担当していた。社内競合というのは遺産相続で起こる兄弟喧嘩みたいなものであり、場合によっては他人の喧嘩より始末が悪いことになる。

千葉県の、それもそれまで一度だって顔を出したこともないCK販売が突然商売に顔を突っ込んできた。地元は面白かろうはずがない。おまけにこの商談、CK販売が、いやKがたきつけたものであり他社も地元の我が陣営も気がつかないところでかなりの部分まで進められていた。こんなケースは他にもあるので実績折半という制度があった。

特に大手の会社が多くあり、現場を併設しない東京などはこんなケースの方が多かった。ただ、K製作所の直営支店が担当していた時は比較的問題はなかった。製販分離が始まって福島県は直轄支店が、千葉県は販売会社がそれも本社を担当するとなるとややこしい。決まったルールがなく、お互い面子というもののぶつかり合いもある。現地はもし我が

ＣＫ販売から購入すればサービスなど引き受けないなどと言い出す始末だ。お客さんにとっては販売会社の内輪揉めなどどうでもいいことだがサービスの低下は困る。場合によっては生産の低下につながる。Ｋ製作所グループの躍進という大所高所の見地で見れば低次元の争いと言える話なのだが、往々にしてこんな話を当事者同士は大真面目にやりあう。

そんな内情をお客さんであるＮ興業には知られたくないから私は私で社内外の裏工作に奔走した。余談だが、この数年後、皮肉にも私はＫ製作所の福島支店長になる。そんな場面はこの時全く知る由もなく、現場の問題解決にＫと協力して訪れていた。

幸い、現場の所長はＫ製作所陣営に好意的で内輪揉めにはうすうす気がついてはいたのだろうが、ＣＭ社に悟られるようなことはなかった。所長は東北大学の講師を兼ねる学識派で地質学の専門家だったように記憶している。この採石現場は古くは東北自動車道の土台を築くための原材料の供給基地として造られたものであり他にも見受けられた。

後年悪名高くなる、無駄な公共事業の一つとして数えられる福島空港ももう採石需要のその視野に入っていたと思う。短い歴史話ではある。

こんなことが裏にあったが所詮社内での揉め事である。やがて話は落ち着いてこの東北現場では順調に使用機械がK製作所化していった。D155大型ブルドーザーだとか先述の一般道路は走れないオフロードダンプトラックだとかの、それまで松戸支店では考えられなかった機種が納入され始めた。

話が他社との競合になるとこうはいかない。CM社、続いてパワーショベルではH社の必死の応戦が始まった。

伊豆半島松崎にも砕石工場があった。ここの所長Kさん、名前こそ我がK製作所と同じであったが、親しみどころか敵意をあらわにしたCM派だった。特に裏があるわけではなく純粋にCM社の機械を評価し、不満もなく使用してきたのだろう。

こういう正義漢がいると商売は殊のほかやりにくい。我が社のほうがコストパフォーマンスでまさるという大義はあったが、本社サイドの一方的な意向で現場に機械を押し付けるような形に、結果としてはなる。私が松戸支店に赴任している間、この所長との心の障壁は取り払われることはなかった。遠まわしな言い方になったが、顔を会わせるたび気まずい思いをしていたように思う。無論Kだってできれば全員が納得ずくで商売が成立するに越したことはなかったろうが、そんなにいいことずくめで事が運べば人生は楽でしょうがないというものだ。

そんな話より、この現場で経験した工法に纏わることを書こう。

新しい山から石を採ることが決まり、その頂きから山すそまで大きな穴を開け、削り取った砕石をその穴に落とすグローリーホールという工法に決まった。

山の頂きでその砕石を押し落とすのに使用する機械が、先にも書いたD155という大型ブルドーザーだった。

細い登山道くらいしかないこの山は登るのに二時間はたっぷりかかった。問題はどうやって大型ブルドーザーを頂上まで運ぶかである。自力で登るには道が狭すぎるし第一、樹木が多すぎる。

前代未聞の大型ヘリコプターで上げようということになった。近所の川原で六分割し、ヘリコプターで吊り上げるというものである。分解が終わってスタンバイしたら航空会社に連絡し、東京から飛来してもらうという壮大なものだった。運賃は百六十万円ほど掛かった思う。吊り上げ作業に要する時間そのものは短かったが、重量物である。

予定重量をオーバーすると自動的にヘリコプターはワイヤーを放してしまう仕掛けになっていた。もちろん安全のためである。最大の部品が吊り上げられる瞬間は皆固唾をのんで見守り、成功した時は期せずして拍手がわきあがったと言う。見たようなことを書いてきたがこの時私は事務所で報告を聞いた。近隣の村人たちが珍しい光景を見物しようと集まってきていて、そのうちの何人かは航空会社のサービスで近所の遊覧飛行の恩恵にあずかったそうだ。私はKが仕組んだサービスだったと思っている。

この作業、文字にすれば簡単なようだが、松戸支店のサービスマンS君を頭に何名かが近所の民宿に泊り込んで、現地サービスマンとの共同作業で三週間ほどかかったと記憶している。「魚が美味いから、ぜひ来てください」とS君に言われるまでもなく、現地事務所に挨拶をかねてその後何度か訪問した。

夏のある暑い日、知恵袋、参謀のWさんを同道して現場を訪問したことがあった。ダンディーなWさん、強がって革靴のまま、二時間かけての山登りに付き合ってくれたが汗まみれでYシャツもネクタイもよれよれになった姿を思い出す。

ここで登場したサービスマンS君であるが、強烈な個性のTとK二人の商売の裏で自らはもちろん、若手を率いて夜を日についで奮闘してくれた。彼のことについては「八月 Never give up」で詳述する。

マムシのT、スッポンのKはマネージャーでもあったので折に触れて登場してもらう。

六月　Positive thinking（環境を敵にするな）

松戸営業所に来たばかりでまだＫ製作所の直轄であった頃は、ＣＭ社という巨大な軍艦に立ち向かうモーターボートの心境だったと書いた。ともすれば negative であった。だが同時に「時代は微妙に変化していた」とも書いた。

成田営業所にいた時、10ＨＴという小型パワーショベルがＫ製作所独自の力で開発された。

独自の力でと書いたのは訳がある。その機械を中心に私は成田営業所で結構実績を上げた。私が難しい松戸営業所を任された理由かも知れない。

パワーショベルと書いたが、つい最近までパワーショベルのことは「ユンボ」という愛称で呼ばれていた。「ユンボ」はつまり掘削機の代名詞だった。「味の素」といえば調味料の代名詞みたいなものである。

正式にはM重工業製ユンボであった。M重工業がフランスのユンボ社と提携していち早く日本市場で売り出した。特に競合する相手もなく、売れに売れたということだろう。K製作所はその存在はもちろん知っていたがブルドーザーやドーザーショベルはまだ盛んに売れており「ユンボ」市場のマーケットの大きさに気づくのが遅かった。

Mユンボというように、重工業部門を持つ大企業各社は外国、特にアメリカのメーカーと提携してそれなりに参入していた。I社はコーリング社と、S製鋼はリープヘル社、あるいはリンクベルト社、N製鋼所はO&K社、K製鋼所P&Hというようにアメリカの会社にロイヤリティを払って生産販売していた。Kアトラス、Yポクレンなどというのもあった。

我がK製作所もアメリカのビサイラス社というメーカーと提携しKビサイラスという名で売り出してはいたが、言ったようにブルドーザー、ホイルローダー偏重でありライン生産でコストも掛からない、儲かる機種に注力していた。

我が社を含めてであるが、I社のユンボ、S社のユンボと言われる始末であった。面白いのはこの頃、唯一外国企業の手を借りず、自力開発でパワーショベルを開発し、既にMユンボのマーケットを追い抜いていたH社もユンボと呼ばれたのは言うまでもない。「奢れるもの久しからず」。売れすぎたユンボは改良を怠った。いや、我がK陣営を含めて提携先の特許に縛られて改良できなかったというのが真相だろう。

果たしてH製作所の「ユンボ」はもう品質では世界一になっていた日本の技術力を如何なく発揮し抜きん出ていた。「ユンボ」はHだというのがユーザー間の通り相場だった。

H社はいち早くブルドーザーのマーケットでの競合から手を引いて成功していた。この時点でもう二〇%以上のシェアを獲得していたと思う。比べてブルドーザーでは六〇%以上という驚異的な国内シェアを獲得していた我がK製作所であったが、この業界では五%にも満たないものであった。マーケットの大きさ、成長性から見て会社が発展するには当面、二桁のシェア獲得が急務だとされた。

他社大企業の一部門という位置付けではなくK製作所は建設機械の専門メーカーであり後塵を拝してしまったこの分野での挽回は、企業として生き残るためにも必要不可欠の課題だった。建設機械トップメーカーとしてのプライドもあった。

K製作所陣営の強味はライバルCM社と同じく全国に張りめぐらされた営業、サービス網を持っていたことである。商品の品質が同等なら絶対に負けないという自信があった。培ってきた営業力に加えてK社製品を所有するユーザーが多いという財産があった。ブルドーザーのKと言えば分かってもらえる看板を背中に背負っていた。H社追撃に幸いしたのは最大のライバルCM社が「ユンボ」を持たないということだった。

「時代は微妙に変わっていた」とはこのことを言った。パワーショベルが建設機械の王座を占める時が間もなく来るのだが、この分野での競合相手はH社に絞ることができたと言って過言ではない。

我々営業マンは「特段優れたマシーンは要らない。H社と同等のものを造ってくれれば売ってみせる」と言い切っていた。明らかにH社よりKビサイラス製品は劣っていた。

ビサイラス社との提携期間が切れてロイヤリティの束縛から解放されて生まれたのが先述の10HTという自社開発の小型パワーショベルであった。長い間、商品改良も、設計変更もままならず営業力だけで、強引に旧型のパワーショベルを使ってもらったユーザーには本当に迷惑をかけたと思う。

15H、20Hと呼んだ旧提携商品を売ったお陰で失ったユーザーも多々あった。これは我々第一線の責任というよりも多分に経営側の責任であり、戦略力、マーケティングに問題があったのだと思う。

10HTの登場はまさに希望の光だった。運も、つきもあった。CM社の商品カテゴリーにパワーショベルがなかったと書いた。

何度も触れてきたようにM重工業はパワーショベルの分野でいち早くフランスのユンボ社と提携していた。これがのちのちCM社の足かせとなる。M重工業はその後独自でパワーショベルを造り、S重機という名で別の販売網を作り上げていた。つまり、もし提携先C社のパワーショベルを取り扱うことになれば同じグループ同士で競合してしまうことになる。

現在でこそ、M重工業グループ製品はCM社に一本化されているが当時はブルドーザー、ホイルローダーを販売する会社と、パワーショベルを販売する会社が二つあり非効率この上なかったと思う。

そんな相手方のウイークポイントを我が陣営は突きまくった。CM社は日ごとましてくるパワーショベルの商談に切歯扼腕《せっしやくわん》の思いだったに相違ない。無論、同じグループ同士で情報交換はなされていたのだろうが所詮、商売に対する意気込みが違う。心構えが違う。執念が違う。

10HTという小型パワーショベルに続いて12HTという〇・四立方メートルの容量が掬《すく》える中型のマシーンが開発された。今にして思えばごく当たり前の、お客さんのニーズを取り込んだ性能を持った商品であったが、従前のビサイラス社提携商品とは雲泥の差であった。

パワーショベル（PS）と書いてきたが通常油圧パワーショベルとも呼んでいた。文字通りそのほとんどが油圧で動くequipment（道具）であった。駆動から作業までほとんどが油圧ポンプで押し出される油の力で動いた。

なぜ突然マシーンの性能などに触れたかというと、それまで我々セールスマンが苦労して売ってきたKビサイラス社の製品は油圧以外に一部エア（空気）で操作しなければならず、微妙な動きが要求される作業には極めて不向きであった。はっきり言って他社より数段性能が落ちる代物だった。こんなものを真面目に売りまくったらそれこそセールスマンの代名詞「口先人間」になってしまうというものである。このマシーンを営業力だけで買ってもらってしまったお客さんに対して抗弁のために費やしたエネルギーたるや大変なものだったという覚えがある。

独自の設計で開発され始めたこの油圧パワーショベルという新しい商品群の汎用性の広さに改めてその将来性、マーケットの大きさを見た。

私は「シェア」という言葉の持つ意味をこの松戸営業所で身をもって体験した。

主力三商品のうちブルドーザー、ホイルローダーはK社とCM社でほぼ二分、独占したと言ってよい世界であった。土木建設業を営む業者には二社の機械がほぼ行き渡っていた。正確にはホイルローダーではT運搬機、K重工、F重工などというコンペティターがいたが、それほど神経質にライバル視するほどの相手ではなかったと思う。

同じように、徐々にその汎用性、利便性が認められるようになってきたパワーショベルは、ユンボで先行したM社と独自開発でいち早くマーケットで認められたH社以外は、五十歩百歩だった。

コップ半分入った水を見て「まだ半分ある」と思うか「もう半分しかない」と思うかでPositive度合いが引き合いに出される。油圧パワーショベルのマーケットは先般マムシのTが食いつき売りまくったとび職だのの解体業、その後工程の産業廃棄物処理業者と拡大してゆく。

CM社とのゲリラ戦で自信を深めた我が陣営にとっては、CM社の参加しないマーケットは美味しいものであった。

数は売れ出したが如何せん利幅は薄い。H建機、S重機、K製鋼、N製鋼、K鉄工、I重工業、Y重工、KA製作所、それに我がK製作所と文字通り重厚長大産業九社がしのぎを削る世界であった。当然価格競争は熾烈であった。

世界市場を制覇していた建設機械の王者C社と手を組んだブルドーザーなどでのCM社との戦いは価格面では楽であった。だが、油圧パワーショベルの競合の世界ではそうはいかなかった。Y重工、KA製作所以外、相手は名だたる財閥系巨大会社ばかりである。

体力はあるし、面子というものもあるだろう。そう簡単には手を引かない。K製作所もこれまでブルドーザーで蓄えた内部留保がなかったら、この我慢比べみたいな勝負にあるいは負けたかも知れない。

あとで聞いた話だがQCで活躍したM君、この当時「個別のユーザーで、一日三台受注したことがあります」と言う。車でなく、建設機械の話で、である。幾ら安いといっても小型油圧パワーショベル一台が四百五十万円くらいした時のことである。

量が売れるようになって、マーケットシェア拡大は急ぎ足で進んだ。

油圧パワーショベルの激しい価格競争に明け暮れる日々、こんな楽しい思い出もあった。優等生K君と体験した浦安市、C建設興業でのことである。

C建設は地元の有力建設会社で、自社でたくさんの建設機械を保有していた。この周辺、まだディズニーランドなど計画段階であり、漁業が盛んだった頃の名残を留めるところだった。ブルドーザー、ホイルローダーはK製作所、つまり我が社側、パワーショベルはYポクレンユーザーだった。

常務のHさんは大変な我が社びいきでK君をとても可愛がってくれていた。そんなユーザーでもパワーショベルは他社を使っていたのだから如何に我がK製作所のパワーショベルが信頼薄いものだったかが分かると言うものだ。K君が担当する以前はパワーショベルの商談には全く乗せてもくれなかったのだろう。

「K製作所のユンボも大分よくなったんだって」K君はある日、H常務から商談をもちかけられた。

ブルドーザー、ホイルローダーはK製作所、パワーショベルはY社と決めていたC建設はそれ以外の他社から見積りを取ることもなく、ごく当たり前の、いやむしろ高いと思われる世間相場で購入していたと思われる。

最初の見積りで決めてしまうことはないと確信していたから、世間相場よりかなり高いものを提出した。値引き率はブルドーザーのそれであり、とてもその価格で落札できるとは考えていなかった。

見積りを一目見てしばらく考えてからHさん「あと、二十万引かないか、所長」

この話、くどいようだがK製作所、松戸営業所の時で新人K君に同行訪問していたのでこういう会話になる。

「うーん」と私は一瞬絶句した。考え込んでしまった。もっと、ずっと大幅な値引きを要求されると思っていたからである。これまでのブルドーザーの商談の経緯からして、そんなにパワーショベルも安くは買ってはいないと読んで、提出していた価格だから最終百万くらいは覚悟していた。そんな私の逡巡する様子を見てHさんは「ちょっと無理か?」と、逆に同情を示してきた。

いったい、Y社はどんな商売をしてきたのだろうと思った。随分久しい以前にパワーショベルを買ったものだから当時の相場をHさんは知らなかったのである。私が「うん」と言えばそれで商談は決まりだった。だがそれでは我が社を信頼しきってくれるHさんを結果として裏切ることにもなりかねない。この激しい競合の時代である。こんな価格で販売してしまったらいつばれないとも限らない。

こういう困り方をしたのは初めてだった。嬉しい悲鳴と言うより本当に困った。だがいずれこの商談をかぎつけてくるのはY社以外にない。さすれば以前、法外な価格で売りつけてきたはずのY社がクレームをつけることはあるまい。問題は決定価格をこちら側に委ねられてしまったことだ。

結局、ブルドーザーの値引き率よりやや低めの価格でお願いすることにした。こちらから「もっと、まけられます」という話をどう上手く説明するかという変な話ではあった。

同時に、このパワーショベルという市場、限りなく拡大する余地のあるマーケットであると確信した。この時こそ参入が遅れ五％にも満たないシェアしか持たなかったが「負けるはずがない」気分に満ち満ちていた。

七月　Back to fundamentals（基本に立ち返る）

Nのことを語ろうと思う。限りなき哀惜の念をこめて。

Nはもうこの世にいない。Y君やK君と違って優等生からは程遠かった。本当に手のかかる子供であった。「馬鹿な子ほど可愛い」と言う。実生活で子供を持ったことがない私が二人の子の父親だった彼に対しそんなふうに言う権利は全くないのだがいつも何かしらトラブルを持ち込み、心配事の絶えない息子だった。

Nは東京で、あるディーラーからK製作所のフィールドサービスマンとして採用されたのだと言う。松戸営業所に転勤になって修理の仕事に携わっていた。

何度も触れてきたが、機械の品質性能が向上し、そんなに大勢のサービスマンを必要としなくなった。特に油圧パワーショベルの普及がその傾向に拍車をかけたと思う。

ブルドーザーやホイルローダーと違って機械本体に無理な力を要する作業が少なく、また移動以外に特段速度を要する作業がなかったので余計その傾向を早めた。

それより需要が増し、競合が増えたマーケットは営業力強化が必要だった。

私が松戸営業所に赴任してくる少し前、NはK君らとともに営業マンになっていた。Nも自らこの転進を望んだのだと言う。「適材適所」という言葉を使った。後年、彼の行状、評判を見るにつけ、聞くにつけこの転進がサラリーマンとして「適材適所」だったとは思われない。私と過ごした日々でできればある時期、サービスマンに戻してやるべきだったと思う。既に私はそのことに気づいていたのだが、店全体の気運は活気に溢れ、彼の失態くらいは皆で埋め合わせるくらいの勢いがあった。運命共同体の気運があった。

「お父さん、車の中で人が死んでいる」

我孫子のユーザーS建設で冬の早朝のことである。S建設の子供が外に出てエンジンのかかった車の中に人がいるのを見つけた。前の晩から社長の帰りを待つうち車の中で寝込んでしまっていたNであった。

以下はS建設の社長の話である。

余り熱心に通ってくるのでSさんはふと12HTというパワーショベルを「いずれ買ってもいいかな」くらいに呟いた。Nはこれを商談だと判断した。

この頃、私は松戸営業所に来たばかりであり、部下の個性を見定めるのに躍起であった。QCの話で登場したM君以外、ほとんど新人で東京から来たY君、K君それにNという松戸営業所の営業メンバーだった。そつなく仕事をこなし、着実に実績を上げているY、Kに比べNは目立たなかった。それなりに焦りを感じていたのだろうが、そんな素振りも見せずNは明るく振舞っていた。

そんなある日のNの日報にS建設での商談が目にとまった。「よし、頼んだぞ。ぜひ決めて来い」私の言葉にNは力強く頷いた。

それから毎日のようにS建設訪問の様子が記されるが一向に商談が進まない。社長に会えないだとか、現場が忙しく話ができないとか同じような日報である。

商談が出るとその一件にかかりきりになるという要領の悪さをうすうす感じ始めていたので「お前いつまで同じような話をしているのだ。決めるまで会社に帰ってこなくていい」。

いつになく強い調子でNを叱責した。

その日言葉通り本当にNは事務所に戻らなかったのである。戻れなかった、のではなく戻らなかったのである。


私は学生時代家庭教師をしていたことがあった。勉強を教える合間、何気なく「夏休みになったらキャンプに行こう」と言ってしまった。中学時代郷里の赤城山でバンガローを借りて楽しく過ごした思い出だのを教え子に語ったのだ。

子供は本気にとっていた。私の話にあった飯盒《はんごう》だの、虫捕り網だのを父親にせがんで揃えていたのだと言う。肉屋さんの息子だった。夏休みなど取れない親も喜んでいたのだろう。

夏休み、私は大学のグリークラブという合唱団に属しており、演奏旅行で全国各地を回る予定がありそんな約束はできないのであった。

結果として私はとんでもない嘘つきになってしまった。大袈裟でなく人生で恥じることをしてしまったという思い出の中、最初で、最大の嫌な、嫌な忌まわしいものである。

Nとこの子供を比較するのはおかしいかも知れないが、NはSさんの何気なく言った言葉を真に受けた。いい大人が「バカな」という話である。反面、セールスの世界でまだ疑うことを知らない純情な「バカな」男の話でもある。

夜を徹して自分を待ち受け商談に臨んだと知ったSさんは驚いた。「いい加減にしてもらいたい」という怒りと呆れの片一方で、サービスマン時代からのNを知っているSさんはそんなNが不憫に思えた。ボスの私を呼んでひとしきり詰ったが「Nを叱らないでほしい」と注文をくれた。「誠」。これは日本の武士道以外、どこにもないものだそうだ。「誠」とは我々がしゃべったり考えたりしたことを必ず実行するということだろう。

口約束とはいえ純情な男にふと漏らした言葉に責任を取ってくれた。子供の純真な心をいとも簡単に踏みにじった私となんという違いだろう。

「適材適所」。適所はともかくNは適材ではなかった。右肩上がりの成長が終わった今の日本だったら、差し詰め配転の真っ先の対象にされたかも知れないし、もっと言えば流行りのリストラとやらの候補になっただろう。

幸か不幸か時代は高度成長に向かい、こんな効率の悪い営業をする男にも職場があった。

私の営業所もNに苦言を呈することはあっても、その実績を皆でカバーする余裕があったのだと思う。

バカだなんだと悪口を書いていると、天国の何処かで私を睨みつけているNがいそうなので彼の名誉のためにも、会社生涯のヒットとなった商売の話をしよう。

Nと我孫子市にあるT興業との関係は切り離せない。

私自身を含めてこのお客さんにNは特別の世話になった。T興業は手賀沼畔で土木会社を営み、長兄を除く兄弟三人が経営の中心にいた。私より二歳年下の次男が社長を務め、三男が専務（彼は間もなく市議会議員になり政治の世界に入った）、四男はやはり手賀沼畔でレストランの経営を兼ねていた。

ある時期から、我がK製作所の建設機械のオンリーユーザーになり、私が赴任した時最後のCM社のブルドーザーを下取りしたような記憶がある。

大小含めてあらゆるK製作所製品を、たくさん購入してくれたありがたいお客さんであった。

兄弟経営者たちはNのことをそれは可愛がってくれた。もともとサービスを担当していたから現場の人たちの信頼もある。これだけのユーザーであるから毎日のように何らかの形で接していた。お客さんにとっては当然のように「いいセールスマン」であるが、私にすれば如何に優良ユーザーとはいえ時間のかけすぎと捉えていた。そんな私の叱責を受けてそれとなく四男にこぼしていたらしい。

T興業の社長は事業に一つの転機を迎えていた。仕事が減少したとか経営が上手く立ちいかないという話ではない。土木建設業というのは起業しやすい所為《せい》もあり、業者が多く競争も激しかった。当然のように利益に影響が出る話である。

社長は現場の機械化で人件費を抑えるなど、常に先進的な経営を試みる人であった。この頃、K製作所が下水道管等を敷設する際に使用する小口径の推進工法を開発した。これは従来、パワーショベルで開削して下水道管を敷設するのと違い、マンホールを二箇所掘り、土の中を文字通りモグラのように押し進めるか、あるいは掘削しながら埋設してゆくという当時画期的な方法であった。この工法、K製作所系列のK建設工業の現場で密かに実験が進められていた。従って成功して商品化の暁には一部大手ゼネコンだとかK建設工業関係のごく限られた業者で独占を考えていた。

この工法、当時役所の設計単価がメートル当たり十五万円ほどに設定されていたと思う。直径二十センチほどの管を土の中に一メートル押し進めれば十五万円になるという話である。話半分としても美味しい話ではあった。

設計単価が積算表に載るくらいだから、我々営業に知らしめられた頃は既にアイアンモール協会などという組織ができ、この機械の購入希望者には制限があった。CMユーザー、他社ユーザーには売らない。我が社のユーザーでも弱小ユーザーは駄目等々であった。いくら完成品とはいえどんなトラブルが待ち構えているか分からない商品である。いくら創業者利益みたいなものが見込まれるとはいえ、売り手側が仕組んだ酷い話であった。

T興業社長はNの話を聞いてこの機械装置の将来を見た。早い者勝ちだと即断した。あらゆるリスクを想定しての決断である。如何に財産家とはいえ、当時の金で四千万近いという金額は大きい。これをキャッシュでお願いするというものだ。

当時、建設機械は手形購入が常識で税金対策のために機械を買うなどというケース以外現金購入などなかった。それを「現金でなければ売らない」という当方の姿勢である。

おまけに前述の会社規模だの、協会加入だのの条件付きである。今までの我が社に対する実績からしたらT興業のこの商談、現場の我々にとって一も二もなく引き受ける、ありがたく注文を頂く場面であった。正直に話そう。

この商談、私は今ひとつ積極的でなかった。言ったように四千万もの現金を用意させてなおかつ、売ってやるという会社側の態度である。アフターサービス体制だって極めて貧弱なものである。誰も経験者がいない。何のことはない私自身がサラリーマン根性丸出しでこんなリスクを冒してまで冒険することはないという気持ちだった。

最初、当時の千葉県の販売部長（Wさんから Kさんに代わっていた）からT興業規模のユーザーへの販売はまかりならぬという本部筋の通達を聞いて「仕方があるまい」と考えていた。T興業社長の意志、「関東地区の一号機は俺の手で」と意気込んでいたNの熱意とは程遠いものだった。

そんな私に業をにやしたNはT興業の社長を連れて、関東地区を取り仕切る支社長に直訴した。「T興業に販売できないのなら私は会社を辞めます」と言ったそうである。

これは後日T社長が皮肉をこめて私にしてくれた話である。

年を経てT社長はそんな話を忘れてしまったかのように、私のお陰で会社は繁栄したと言ってくれるがなんとも面映く、Nに顔向けできぬ話でもある。

関東地区第一号機の納入、その後T興業の看板工法となるプロセスにはいっぱい苦労話がある。そのことについては「八月 Never give up」の章で触れる。

Nとの楽しかった思い出話をしよう。

N。お前は本当に人の良い、冗談好きな奴だった。いつか新婚のK君が事務所の近所に居を構えた時、お前はK君になんて言ったと思う。

「Kちゃん、あれが新居？　俺は物置だと思った」平屋の小さな一軒家を借りたK君に朝、事務所で問い掛けた。当然事務所は爆笑だった。お前が言ったから爆笑なのであって他人はこうさりげなくはいかない。後輩のK君も呆気にとられたが返す言葉もなく一緒に大笑いだった。人柄とはこういう場面に表れるのだなと思う。

N。私は最前からお前のことをバカ息子呼ばわりしてきた。本当にバカだなあと世間の常識で測っては思った。これは俺の物差しでは計れないお前に対する一種の負け惜しみだと思ってくれ。俺には絶対持ち得ぬキャラクターの持ち主であるお前に対する尊敬の念だと思ってくれてもいい。

憶えているかい。「請」のことを。お前は類稀なユーモアの世界を現出してみせた。職場を、会社を明るくしてくれた。常々私は上質のユーモアこそ最高の知性だと考えている。お前は学歴こそなかったがインテリゲンチャだった。

営業の仕事は数字の「請負」だとヤクザまがいの言葉を口にしてノルマ達成を誓わせる上司がいた。それは「言偏《ごんべん》に青だぞ」という言い方で約束させられた。

発案者はNがT社長と直訴に赴いた関東支社長だった。その人の言動は他人、特に部下のそれには一切耳を貸さぬ理不尽極まるものだった。

十人部下がいれば十人が「おっしゃる通りです」「ごもっともです」と従った。

それだけにお前がTさんと直訴に及んだ話を聞いた時は肝を冷やした。

「言偏に青」という表現はそれなりに面白かったので職場でポピュラーとなった。

月初の計画が個人から提出されたある日、「N、今月も言偏に青だよな」と問うと、お前は「言偏に黄色です」と言った。

一瞬、何のことかと思ったよ。そして大笑いになった。

これは流行った。「できない」という文字は禁句の営業の世界でのオアシスであった。「今月、俺は言偏に赤だな」とかの言葉が飛び交い職場は和んだ。さすがの支社長も苦笑していたという。

N。そういえばお前はこんな事件を白状したことがあった。

ある朝、いつになく私は早く出社した。駐車場でお前にばったり出くわした。作業着姿なので不審に思って「こんなに朝早くから何をしているのだ」と尋ねた。

何食わぬ顔で「ちょっと、修理を頼まれました」と言う。ふと気がつくとお前の車のドア付近に大きな傷があった。スカイライン１８００ccだったなあ。なぜこんなことを憶えているのだろう。

こういうことであった。

前の晩、お客さんとどこかのスナックでしたたか飲んだ。酔っ払い運転での帰り道、運転を誤り田んぼに落ちた。幸い怪我もなかったのでお前は翌朝こっそりと一人片付けに行った。会社のサービスカー、四トンのユニック車を無断使用して。

ドアの傷はその時巻いたワイヤーのこすり傷だった。田んぼに落ちた晩、誰と飲んだのか、いつまで飲んでいたのか。どうやって家に帰ったのか、帰らなかったのか。帰らなかったとすれば、どうやってこの駐車場にユニックを取りに来たのか。聞きたいことは山ほどあったが不問に付した。

大方、こんな話だろうと私が問い詰めると「すいません」とだけ言った。呆れてものも言えなかったというのが半分本音であった。

これ以降、お前の行状に監視の目が厳しくなったのは言うまでもない。

N。私が今の我孫子市に新居を買った時のことを憶えているかい。昭和五十四年だった。子供もいない私は家など買うつもりはなく、ましてや一軒家なぞ考えてもいなかった。それが、当時の二課長Kの誘いで見に行った。一昔前、サラリーマンの夢が2DKの公団住宅に住むことだったように、郊外の一軒家を手に入れることがブームになり始めていた。

関連会社の物件だということでもしその気になればいろいろな条件が有利だった。商売柄この土地が地山であること、今後の開発計画等々事前に知りえたことがたくさんあった。が、言ったように不動産物件など購入予定などなかったから預貯金もほとんどなく初めは全く冷やかし半分だった。

Kにそのことを言うと例によって「大丈夫ですよ」の一点張りである。そのうえ不動産業者のように巧みに「今が買い時です」と畳みかけられた。「何が買い時なものか」と思いつつもだんだんその気にさせられて本当に買うことになってしまった。

駅から近かったし、環境にも恵まれていたので競争率も高く、五倍くらいだったと思う。少しだけいんちき臭い抽選で当選した。

関連会社の物件ということで条件に恵まれていたと書いた。頭金四百万円は用意してほしいというのが唯一先方から念を押された条件だった。その時我が家には預金は二百万円しかなかった。「二百万しか用意できない」と言っておいた。

契約の時、冗談だと思っていたのか、担当者は本当にないと知って弱りぬいていたが何とか借入金の中から都合してくれたらしく契約にこぎつけた。

残金はこれも会社関連の物件ということで特別融資が認められ、大半が会社からの借金、次いで住宅金融公庫、厚生年金、金利の一番高い銀行から少々で支払うことになった。

「一番上手な買い方じゃないですか」とKに誉められた。結果としてオール借金の買い物となったが不動産などというものは思い立った時が買い時ということを知った。改めてKに感謝することかも知れない。

余談になっちゃったけれどN。

お前は休みごとにこの家の造作を手伝ってくれた。私の父親はとても器用で風呂場だの、便所だのの改築を一人でやってのけた。

それを真似して私は車庫を自分で造ろうと思った。妻がイメージした車庫はレンガと芝生がマッチしたシンプルで美しいものになるはずであった。

庭の一角に車庫が必要な人は造れるようにと用意された土地があった。お前と二人、シヨベルで土を掘り返し始めた。思えばバカなことを始めたなあ。お前は経験的に無理だと分かっていたのだろう。黙って手伝い始めたがものの一時間も経たずにショベルなどで掘っていたら何日かかるか分からないと知った。

お前はすぐに黙って近所のT興業からミニパワーショベル（超小型パワーショベル。Yディーゼルなどの農業機械メーカーが造っていた）を二トン車ごと借りてきた。

この頃、重機械メーカーはこんなちっぽけな重機なぞ建設機械の範疇ではないとそのマーケットを甘く見ていたと思う。私は五十坪にも満たない我が家の土地の一部が人力ではとてつもなく大きなものに感じたと同時に、機械の力のすごさを知った。

やがて近いうちにこのミニショベルが活躍する時代が来ることを予感した。

N。お前はあっという間に庭の一角を掘り起こして（破壊？）しまった。バカにしていたミニパワーショベルの威力はすごかった。今だから笑い話だけど慌てたなあ。細かい作業ができる腕ではなかったし、機械性能もいまいちだったのだろう。これもすぐさま諦めて結局プロに頼むことになった。

これは当時お前の上司であったマムシのTのお客さんで松戸市の、名前は忘れたがとび職人がやってくれた。プロのやる仕事はやはり一味も二味も違い、赤レンガに緑が映えて新しいうちはデザインの斬新さといい申し分なく、イメージ通りのものに仕上がった。

芝を張るならと、今度は近所で柏のS土建さんがやっていた工事現場で良い黒土が出たからとMが二トン車で軽く運んで来てくれた。軽く積んだつもりだが狭い庭のことである。今度は山になって溢れ返り、近所中に貰ってもらう騒ぎになった。

この話、おまけがついた。販売している黒土は混入している雑草の種など焼くなりの処理がしてある。貰ってきた土は栄養たっぷりだが、雑草の種もいっぱい混入していたらしい。

その後、春先になって雑草が生えて困った。近所の家々から苦情こそ来なかったがさぞかし迷惑したことだろう。

公私混同、職権乱用もいいところだが、いい仲間に恵まれた楽しい公私混同の時間だった。

N。お前は今何処にいるのだ。

私は最近まで神仏の世界に全く興味はなかった。興味はなかったと言うより、むしろ嫌いな世界だった。特に宗教、それも新興宗教などは毛嫌いしていた。といっても神宿るといったような世界を全く信じないわけではなかった。なんとなく人知を超えた世界があると思い、その前では自然と敬虔な気持ちになった。

それは特別な舞台ではなく、星空であり、深い森であり、海であり山であった。ごくごく普通にある日本人の曖昧な宗教感覚みたいなもの以上のものは持ち合わせていなかった。

母親が死んだ年、初めて自分の家の葬式が曹洞宗という宗派の坊さんによって取り仕切られることを知った。父親が貧農の次男、母親は近所の比較的大きな農家の娘だったが末娘であり、神棚以外に仏壇などはなかったから神と仏の区別すらつい最近までできなかった。朝晩、神棚に手を合わせては何かを祈念している母親の姿を見て育ったが、物心つくとすぐにそんな習慣には従わずバカらしいとすら思っていたような気がする。

父親も神頼みみたいなことには関心がなかったようだ。あのまめな父親が祖先の墓参りなどに私を連れて行ってくれたことはなかった。記憶にあるのは父方の葬儀が棺おけに死に装束で入れられ家の裏の墓地に土葬されることだった。

父はそんな送られ方を望まなかったのか早いうち、さっさと自分の入る墓を郷里群馬にある公園墓地に用意していた。私は漠然と「俺もこの墓地に入れてもらえばよい」と思っていた。

その父親は一九九九年十月に死んだ。

N。私はお前が私と同じ時期に胃がんの手術を受けたことを誰かから聞いていた。同じ全摘出だったそうだが、お前の場合不幸にしてスキルス性という進行の速いがんであり、どこか他の場所に転移もあったのだろう。

私が転勤したあとのお前の噂は良いものではなかった。私生活を含めてその後の会社人生は不遇だったと聞く。お前と最後に話をしたのは私が福島県の支店長に赴任した時で、お前は「タイヤ屋を始めました」と嬉しそうに電話をくれた。

「社長が務まるはずがない」と思ったが、もう何も言える立場にもなく、また権利もないのでがんばれとだけ言ったような気がする。せめてお祝いという気持ちで「乗用車のタイヤも扱うようなら送って寄越せ」と言ったら即刻、破格の安い価格の請求書をつけて送ってきた。

これがお前の声を聞いた最後だった。

父親が死んで急に仏心がついたというのではない。胃を摘出してから弱っていた私の肝臓は肝硬変まで進み、その合併症で吐血を繰り返すなど、初めて自分の命というものを意識しだした。

定年になるとすぐ近所の仏壇店に赴き小さな仏壇を買った。

アメリカにいるこれも余り宗教心のない弟でさえ母親の位牌を別注して持っている。

父親が死んでまたその位牌を送ってよこせと言うので「俺も両親の位牌くらい自宅にも置こう」と、なんとなく作ってもらっておいた。その位牌は実家の町に住む妹が預かってくれていた。定年になってすぐ仏壇を買ったと書いたが正確には一年以上あとで、私は入院生活の繰り返しで自分のことに忙殺されていた。

仏壇を手に入れて朝晩灯明を灯し、お線香お茶を上げる。夕飯時に妻がご飯を供える。

こんな習慣が以来、始った。そして手を合わせる時たまに両親に言うのである。「親父もお袋も人徳で息子夫婦に頭を下げさせることができたが、子供が持てなかった俺たちにはそれはないなあ」と。

私の妻はそれなりに敬虔である。世間常識的に見てきた、教わってきたなりに極めて常識的に神仏を敬っているように見える。人に対して偏見というものがない。驚くほどない。それが何に基づくものか分からない。

極めて常識的なくせに、教条的な世界に反抗的である私とは全く対照的に素直である。人を疑うということを知らない。若い時あれほど毛嫌いしていた宗教的な世界を少し違った角度で話すことが増えた私を変わったと見ている。

「ばあさんが（母親のこと）鶺鴒《せきれい》になって散歩に付き合ってくれた」

「ノリ（死んだ飼い犬の名）がトカゲになって庭に来ている」

「こおろぎになった」

そんなことを経験したことはないらしく、妻は半分からかい気味に「今朝はお母さんに会った？」などと聞く。

前まえからであるが、輪廻転生とかの深い意味でなく、そういうことは昔から口にしていたと思う。こういうことはあってもおかしくはないとは常々思っていた。本当に漠然とではあるが死後の世界はあると考えてはいた。ただ、キリストだの、釈迦だの、ムハマドだのの神の教えが幾つもある世界に興味が持てなかっただけの話である。逆に言えば神仏に帰依したくなる状況にいなかったということだろう。

信心深い妻のほうは既に血縁のある親兄弟をすべて亡くした。親はともかく兄弟たちは難病で、皆四十から六十代の間に若死にした。

比べて、私は自分が病気以外、親は母親が七十八歳、父親に至っては九十一歳まで生き、三人の兄弟姉妹たちは元気である。身辺のこんな状況だけを比べれば神も仏も関係ないように思えてくる。

話がくどくなった。

あの世は存在するとなんとなく信じる。造物者がいると信じる。証拠があってのことではない。あの世の様子を垣間見たわけではない。臨死体験をしたわけでもない。

ただ、昔は荒唐無稽だと思っていた日本列島誕生の神話などが、宇宙の火の玉の中から地球が誕生し、生命というものが生まれたなどの話に比べればよほど現実的であるように思える。

もっと言えば、人間が探求する時間だとか空間を超えたところで、神は森羅万象を操ってみせているのだ。そう思うしかない。

二十世紀半ばファシズムが台頭した狂気の時代に私は生まれた。原子爆弾などという悪魔の兵器で戦争が終わって物心ついた。アメリカンスタイルの暮らし向きが人生の目標になった。好きなものが食べられ、車も、小さいながら家も持てた。

自分だけを見れば、日本人だけを見れば、相対で見ればこれはもう、時代はもう至福の時だろう。これが幸せというものだろう。

と思わねばならないと考えるのである。際限ない欲望にまみれた物質世界との決別を本当に、本当に人は思わねばならない。

今もなお、神の名を借りた紛争に世界は揺れている。キリストや、イスラムの宗派が神を装って人の世界を分断している。

異常な信仰心は神への畏れを忘れさせる。が、神の否定も人を傲慢にする。

神とはある種、法則、摂理だと言う。生意気を言えば私もそう思う。

さすれば摂理、法則に沿って生かされていると信じるしかない。

ただひたすら信じるしかない。

神を口にした時、口にしたくなった時、今このようなことを書いている時、既にもう次の過ちに向かって走り出しているのかも知れない。

ただひたすら信じるしかない。

N。お前は今何処にいるのだ。

明日また、仏壇に向かって手を合わせる時、親父、お袋に話し掛けるようにお前に話し掛けてみるから。そして時々はお前のことを思い出すから。

八月　Never give up（一％の可能性があれば捨てない）

Ｎへ感情移入が過ぎた。Ｎが死んでしまったために私にはとても手におえない話に手を染めてしまった。

でも別に嘘を言っているわけではない。Ｎより余分に物質世界の汚れにまみれた分、次のステージでは苦労するかもしれない。現世で得た徳の多寡が次のステージで魂の居場所を決めるのだと思う。神（また言ってしまった）を信じるとは決して楽なことではない。魂の逃避場所ではない。

死んでしまえば皆同じ、という安易な世界は決してないと自分に言い聞かせる、言い聞かせ続ける、戒め続けることがＮへの弔いのような気がする。

Never give up

かっこいい言葉であるし、一番話題も多い。が、聊《いささ》か面映いのである。事実書いてきたエピソードの一つ一つが「一％の可能性があれば諦めない」男たちの話である。偉大なニクラウスが言ったNever give up.とは様相が違う。口ではNever give upを叫びこそすれ、いつも一番先にギブアップしているのは私自身だった。「諦めない」男たちに支えられてきたようなものである。

一人では頑張れないことも集団だと頑張れることがある。一つ一つの商売、勝ち負けの局面ではこの言葉幾らでも使えた。九九％駄目と思っていた商談を、私の口先の叱咤激励でひっくり返した例、競合相手に取られた注文を粘りまくって取り返した例は枚挙に暇がない。

そんな派手な営業の裏面には必ずそれを支えた縁の下の力持ちがいた。故障した機械の修理に、謳い文句通りに働かない機械の苦情に走り回る男たちがいた。

忙しい現場で機械が壊れると同時に、心も壊れたお客さんを癒す彼らは医者でもあった。

私は営業出身である。どんなに公平を装っても、目は営業の方に向き勝ちであった。口ではぶつぶつ言いながら持ち前の明るさで、弱体のアフターサービスを担当したS君がいた。

品質が向上し、また壊れる度合いが少なくなった油圧パワーショベルなどが増え、アフターサービス担当から営業に回る人間が増えたことには触れてきた。

裏を返せばS君の仕事は量が増え、重要性も増すということである。会社が製販分離して新体制に移行した時、彼はたった二人の直属の部下と近所にあった二つのディーラーさんの力を借りてスタートした。この時の出会いがこの後、家も近い所為もあり私と一番長い付き合いになったS君について書こうと思う。

S君のこと。

彼は南房総の工業高校を卒業して陸上自衛隊にいたという。工兵隊みたいな部署に所属して重機関係の免許をいろいろ持っていた。そんな縁でK製作所に入ったらしい。

大型重機を何トンかに分解してヘリコプターで山の頂に上げた作業のことは前に書い

た。

こうした作業はクレーンだのが使えぬ狭い現場でやぐらを組んだりして行う、所謂力仕事の苦労であった。

Y君が柏市役所で受注したトラッシュコンパクターという機械が投入された現場は、長く生ごみが埋められていた場所であり、掘り返した途端、考えられぬほどのハエが発生し、その悪臭は身についたら離れぬものであった。

筆舌に尽くせぬとはまさにこういう情景を、事態を言うのだと思った。普通と言うか、こんな現場は笑って逃げることにしていたが、S君がぜひ見に来いと言うものだから立ち会った。立ち会わされた。そしてひどい目にあわされた。

まあ、こうした類の話は幾らでもどこでも経験されるもので特殊なものではない。

だが、新商品となると話は違う。

NがT興業さんにアイアンモールという機械を買ってもらったエピソードは前に触れた。

これは所謂重機械ではない。小口径の下水道管を敷設する際、今までは開削というパワーショベルなどで土を掘り、管を埋めるという方法だった。

現在でも一番コストが安く上がるので多くの現場で使われる。ところが鉄道線路を横切るだの、家の密集地だので開削困難、あるいは深すぎて開削が困難で不可能なところもある（土被りが深いと言う）。

そんな場合五十メートル間隔で縦穴を掘り、そのマンホール間をモグラのように穴を開け掻き進むか、押し進めるかして下水管をつないで行く方法を考えた。

考えたのはK製作所の技術員だったというわけだ。

推進力はすべて油圧によるものでまず、敷設するコンクリート管と同径の鉄パイプ（パイロット管と言う）を押し込んでやる。鉄パイプの先端は方向が制御できるようにミミズの頭のようにグニュ、グニュとこれも油圧の力で動く仕掛けであった。

このiron mole（鉄モグラ）は地上に設置されたコントロールボックスによって制御され立て抗から立て抗（到達抗）へと穴を掘り進むという具合になっていた。先導管が進むとそのあとは二メートル間隔でパイロット管（先導管）を次々につないでいく。つまり、まずパイロット管というのが先導して穴を通し、その穴に下水管などを押し込んでゆくという方法だった。

最近ではレーザー光線などの誘導で精度が増したらしいが、当初は思うようにこの鉄モグラは言うことを聞いてくれずS君らは苦労の連続だった。土質によって土の硬度が違ったり、思わぬ埋設物に突き当たったりした。

開発段階で予測されるあらゆる事態を想定して、実験を繰り返してきて商品として世に売り出したわけだから不具合はそんなにないはずであった。

T興業は手賀沼畔にあり広大な敷地を所有していたから、実際の現場に見立て実験をしてみた。本社から来た技術指導員の下、S君らはお客さんと一緒に操作を学んだ。

なんのことはない。T興業は現金で購入してくれたうえサービス員の技術教育までしてくれたようなものである。後日談になるが彼はその後会社を辞め、独立しこの推進工法のプロになった。

S君の仕事はこうした新商品には自らマニュアルによる学習の他、現場体験が必要だったし、先に書いたヘリコプターで山のてっぺんに大型ブルドーザーを運び上げるなどという仕事には大変な時間が割かれた。

事務所にいればメーカー側からのレポートによる各種の要請、お客さんからのクレーム、コンプレイン対応と多忙を極めた。

「土方員殺すにゃ、刃物は要らぬ。雨の三日も降ればいい」土木作業に携わる職業がどんなに天候に左右されるかを言い表した言葉である。「アイアンモール工法」は一面こうした言葉を死語にした。地下に潜って作業できるから雨の日だって関係ないわけだ。

夜間だってその気にさえなれば可能ということで、納期の調整も自由であった。

現場があり、機械が上手く作動さえすれば高い収益が見込める新しい世界だった。

とは言え、私どものお客さんは基本的には現在でも天候に左右される人たちであり、天気の良い時は仕事ができ、悪い時は中止である。日曜、祭日は関係ない。こうした職業に関わる職業についたサラリーマンのいつも大きな課題だった。特にアフターサービスに携わる人間には見えない苦労があった。休日出勤は日常茶飯事だった。

S君の仕事はますます増えた。ぶつぶつ言いながらも彼は常に快活だった。

私の仕事は営業、サービス両面を当然見る立場にあったが実際上、営業は私、サービスはS君と二人で店をコントロールしているようなものであった。

従がって、会社で顔を合わせている率は一番多かった。聞くとはなしに彼の趣味、私生活などを知った。

春になると私の家の猫の額ほどの庭にも花の季節が来る。彼はもう忘れているだろうがこの家に引っ越してきて間もなく、三つ葉つつじと馬酔木《あせび》の幼木を持ってきてくれた。三つ葉つつじはピンクに近い薄紫の美しい花を毎年咲かせ、目を楽しませてくれる。馬酔木は目立たないがこれもいつの間にか可憐な白い花をいっぱい咲かせるのである。

「鴨川の実家近くの山で採りました」

もう二十年以上も前の話なのに、花が咲くたびに植木が好きだったS君を昨日のことのように思い出すのである。

この頃、私は全くと言っていいほど酒を飲まなかった。飲めなかったし、通勤が車だった所為もあった。巷間言われる「ノミニケーション」とは全く無縁な付き合いの悪い男であった。であるから、当時の仲間たちが日ごろのストレスをいかに発散させていたかは、こと、酒の世界については知らない。S君は私より下戸であった。

なのに、いつも先頭に立ってサービス仲間と近所の飲み屋に出かけていった。ある時は当時川崎の堀の内と並んで有名だった千葉栄町の風俗街へと若手を引き連れては繰り出していた。飲んだり、当時のトルコ風呂で遊んだりしたあと、酒を飲まない彼が運転を引き受けていたので安心だった。

松戸営業所が松戸支店になったいきさつについては触れた。その時のことである。ある日スッポンのK、マムシのTが二人で打ち合わせたのだろう、会社事務所の前のK寿司に誘われた。

どちらからともなく、「支店長、たまにはこうして一杯やりながら話しましょうよ」と言われた。酒は好きでなかったし、「酒のうえの話」はもっと嫌いだったから言下に酒を飲んで仕事の話はしないと怒鳴りつけ、席を立ったことがある。何もここまでこんな席でやらなくてもよかったのではと今では思うが結果的にこの二人には有効だった。二人の個性を思う存分発揮させた反面、規律には理不尽と自分でも思うくらい厳格を貫き通した。

そんな私に従ってくれた二人とS君。

勤め人の世界だから主従の関係はある面仕方ないと思うが、この時の私たちの関係は上下よりも、something great（感性）で結ばれていたと信じる。

一人よがりかも知れないがサラリーマンの人間関係、連帯、仕事を通じて得られる共感、喜びを分かち合った日々であった。このエッセイを残そうと思った動機の一つであった。

九月　Patient（プロの真価は逆境で分かる）

我々の商売、ほとんどが賃貸借契約に基づき約束手形によって決済がなされた。頭金一割、残金は二年から三年の割賦金払いなどというおよその規定はあったが頭金を支払ってくれるユーザーは稀でほとんどが均等払いだった。

やがて、均等払いどころか半年は十万円だとか、ほとんど据え置き払いのようなケースも出てきた。古くから常に倒産と隣り合わせの商売であった。

万が一倒産した場合、手形払いの場合は頭金の多寡や機械の確保がリスクを最小限に抑える手段だった。

新規取引の場合、資産状況や手持ち工事、取引先、経営者の人柄など知りうる範囲で信用状況は調べたが、ある部分売るか売らないかは現場の長、つまりは私の判断に任されることが多かった。

市川市で残土の埋め立て工事をやっていたH商事との忌まわしい思い出は、未だに忘れられない。

現場は市川市にあったが、事務所は東京の江戸川区にあった。会社組織には一応なっていたが、事実上Hとの個人取引であった。二課長のKが始めた取引で東京の東支店から転勤してきたU君に担当させていた。

中型の湿地ブルドーザーをはじめとして結構頻繁に購入してくれる、いいお客だと思っていた。東京湾岸を埋め立てる現場はよく見れば何やら怪しげなヘドロだの、今なら不法投棄物らしきものが持ち込まれていた。

こうした残土の埋立て現場はこの数年前東京支店時代担当者として、私は対岸の大井埠頭の埋立て地で体験していた。そこで捨て場の権利を持つ業者は日銭が入り、極めて金持ちが多かったという記憶が脳裏にあった。

余談になるが、この時私の最も上得意だった大田区のN建設興業の社長は脱税で国税庁の特捜が入り逮捕された。当時の金で三億円以上の追徴金を取られた。そんなことから、この商売はなんとなく儲かるものだというある種の油断があったことは否めない。

Kと一度、現場事務所に一応は社長と呼ばれるHを訪ねたことがある。長身で、真面目そうな頭の回転が速そうな男だった。

担当地域外のユーザーに販売することを越境販売と言う。地元担当者が訪問していないくらいだから当然情報は少ない。もしくは信用不安で地元の担当が敢えて近寄らないユーザーということも考えられる。

この時今の余談で書いた「埋立て業者は金持ちが多い」という先入観も手伝って、私は全く無警戒にKを信用し取引を始めていた。急激に機械が増えだしたので、さすがに「大丈夫だろうな」と彼に質したことがある。

例によってKは自信に満ちた声で「大丈夫ですよ」と応じた。私は少し不安になり改めて支払条件などを見直した。自分で決済しているくせに先述した六ヵ月先細りの手形で受け取っていることを後悔した。機械の売れ行きは好調だったし、聊か私は調子に乗りすぎていた。

果たして不安は的中した。手形の金額が増える六ヵ月後、最初に販売した機械から「手形待った」である。手形を組み替えてくれという話である。手形の組み戻しと言う。こうしたユーザーが長持ちした例は少なかった。

土木業はいちばん簡単に社長を名乗れる職業だと思う。いちばん簡単に会社組織ができる職業である。我々セールスマンが交渉する相手はほとんどが「社長」であった。常にリスクと隣り合わせの商売だった。K建設、S建設、O組といったゼネコンは特殊な機械を除いて自社保有することは滅多になく、下請け、孫請けが重機を保有する世界だった。

会社には営業部門の他にこうしたトラブルに対処する管理部門があった。

突然の不渡り以外は半分現金・半分手形にするなどの条件をつけて手形の組み戻しなどに比較的簡単に応じるかなり大雑把な世界だった。契約書には引き延ばした手形には日歩十銭という高利貸し並みの金利が謳ってあった。世間一般のこうした契約書の類は売り手、貸し手に有利なようにできている片務的なものであるが、契約書の内容について指摘されたのは私の経験ではたったの一社だった。

手形が組み戻しせざるを得ないケースにいたる場合、通常は天候不良で仕事が捗らなかったとか原因があり弁解がある。最悪わずかでも現金を入れてもらい残金は翌月から何回かに分けて新しい手形で回収する。月々の金額は当然増えることになる。

これが躓《つまず》きになって会社が立ち行かなくなり、倒産にいたるケースはどちらかといえば日常茶飯事だった。

H商事は初めからそんな組み戻し条件に応じようとしなかった。それどころか組み戻し手形の額面金額そっくりを最後に回せという無体な要求であった。無論、管理部門がこんな条件を受け入れるはずがない。

既にこんな条件で数台を納めてしまったあとであった。六ヵ月を経ていたが売掛債権はまだほとんど現金化されておらず、数千万円残っているという気の遠くなるような状態だった。

「これでは商売を続けても不良債権が増えるだけだ」

Kに命じて現場から機械を全数引き揚げることにした。H商事の休みの日、Hの留守を狙ってのいわば窃盗である。現場事務所には少々頭の弱いオペレーター兼作業員がいた。Kの弁舌ならこんな作業員を誤魔化すのは朝飯前というものだ。

「上手くやりますよ」。日曜日、彼はU君、それにサービス員とで現場に向かった。

四街道市にある会社のモータープールに運び込むことになっていた。

「支店長、駄目です。高速道路で捕まってしまいました」というような電話だったと思う。回送業者の運転手から悲鳴にも似た声で私の家に電話がかかってきた。Kたちが現場の従業員を上手く説得して機械を無事引き揚げたかに見えたが、何かおかしいと感じて従業員が社長の自宅に連絡したらしい。

H商事の社長は江戸川の自宅をバイクで出た。高速道路を使って我が社のモータープールへ向かうと見当をつけたのだろう。トレーラーはあっという間に止められUターンさせられた。殺されかねない口調で脅しかけられた運転手は全くびびっていた。

引き揚げに関わった関係者がどういう訳か飯場に集められていた。そして一人一人が社長に怒鳴りつけられていた。あとから呼ばれて駆けつけた私への面当てだった。

Kには現場に残した「引き揚げ理由」を書いた看板を憎憎しそうに指差しながら「てめえ、こんなものがなんの役に立つと思っているんだ。言いてえことがあったら会社に電話しろ、だと」と詰《なじ》っていた。

「これは割賦中の機械であり、所有権は当社にあり、契約違反したので引き揚げるもので、窃盗には当たらない」旨の内容のものであった。よしんば引き揚げに成功しても万一窃盗罪で刑事事件になったら面倒なことになるので、引き揚げ現場には必ずこんな書き物を残した。以前、似たような経験をしているのであろう。人生裏街道をさんざ歩いてきたと思わせる知識を嫌というほどたたきつけられ罵倒された。

サービス員Oの手を見て「てめえのそのうすぎたねえ爪はなんだ」目に入るすべてに軽蔑をこめて言いたい放題である。その怒りはいつ収まるとも知れず延々と続いた。

よく考えてみればこちらの方が圧倒的に人数が多く、開き直ることだってできたのだが金縛りにあったように一言の反論すらできなかった。

暴力団に脅しまくられる世界だった。

やがて、我々は埋立て地の一角に連れて行かれた。深い、捨て場の中に取り返されたD40Pという湿地ブルドーザーが半分ヘドロに埋まっていた。

我々の目の前で、運ばれてくる新たなヘドロがダンプから容赦なくブルドーザー目掛けて捨てられていくのだった。

「支店長が見るに偲びねえだと」勝ち誇ったように言い捨て、罵倒の矛先がやがて私に向かってきた。それまでは、私への非難は一言も発さず、むしろ相槌を求めるようにしながらKを筆頭に一人一人を脅し上げていた。

そして、怒りの頂点を集約して私にぶつけてきたように思う。頭が少々薄くなり始めていた私に「やい、はげ。てめえのところの機械は全部穴の底に沈めてやるからな」

実際に一台がヘドロに埋まりつつあるし、本当にやりかねなかった。警察に訴えたところで暴力を振るわれたわけでなく、民事事件として介入を拒否されることは分かっていた。

先述した、現場に残した看板ではないが逆に加害者にさせられかねなかった。

そんなことは百も承知という様子で、サラリーマンの弱みに付け込み隙を見せなかった。

全くなす術なしであった。

全損を覚悟してCK販売の社長から現場からの退却が指示された。

日を置かず、何とか民事訴訟に持ち込み、それ以来行方が分からなくなってしまったブルドーザーの一台を除いて差し押さえることができたが、ただ司直の手に委ねられただけの話であり、一台は行方不明、あとは大きな損を抱えたまま解決まで長い時間を要した。

差し押さえに立ち会った時のH社長の荒れ狂いぶりも忘れられない。執行官に対する公務執行妨害ぎりぎりの罵詈雑言もさることながら、自ら運転するダンプを回送車めがけて体当たりせんばかりに突進させた。

最後に見せた悪知恵にはこんなのがあった。

機械を回送車に乗せる時、道板《みちいた》と呼ぶ板を二枚用意する。この板の上に沿ってブルドーザーなどの重機を運び上げ下ろしする。

D60Pという湿地ブルドーザーを乗せようと半分まで上った時だ。

Hが突然叫んだ。「ブルはお前んとこのもの、は分かった。だが入っている燃料は俺のものだ」となんとそこで止めさせられ、入っている燃料をドレンコックを緩めて抜き出した。

わずかに残っていた燃料で何とかエンジンは始動し乗せることができたが、この期に及んでも見せ続けた悪知恵というか執念のすごさは、到底サラリーマンの比ではないと思った。皮肉なNever give upを見せ付けられた。

この話は意外な決着を見る。私が転勤したあとで聞いた話である。

H商事の現場でヘドロを溜めていた土手が決壊し、Hの妻と乳飲み子が生き埋めになりHは刑事犯として捕らえられた。民事裁判以来、当社の顧問弁護士Tさんから私のあとを継いだKに時々Hの様子が伝えられていた。

十月　Luck or technique（運も実力のうち、では大成しない）

この時代からしばらくして、青木功がハワイアンオープンで優勝する。最終ホールパーフォーでセカンドショットが直接カップイン。イーグルでの逆転優勝であった。十七番ホールまで一打差。九〇％以上の人が青木の優勝はないと思っていたろう。〝奇跡の逆転優勝〟に翌日の新聞は沸いた。誰かがコラムに書いていた。「あのショットは奇跡でもなんでもない。青木が呼び込んだ運である。彼だからこの運を呼び込みえた。絶え間なく、精進している者のみが手にしうる運である」

というようなことをもう少し上手い表現で言っていた。その通りだと思う。またその通りでないと我々凡人の参考にはならないというものだ。

実は私は運も実力のうち、と密かに思っている。

松戸営業所時代、私は部下に、時代に、環境に恵まれた。お客さんにも恵まれた。この好運は努力したこともあったが、ニクラウスや青木にやってきた運と同質のものと思うのである。いや、そう思いたいのである。

ニクラウスとは年がほぼ一緒だ。青木とは名前が同じだし、彼が生まれ育った我孫子という町に住んでいて彼が修行した名門我孫子ゴルフ倶楽部には歩いてゆける。

だから、話だけでも二人の仲間に入れてもらいたいと考えているのである。半分冗談、半分本気でそう思っている。

この二人、後日全米オープンで息詰まる名勝負を見せてくれたが、この語録のすべてがこの試合に現出されたことは言うまでもない。

実際の勝負以上に私はこの試合を震えるような感動を持って見ていた。

人間一芸に秀でると重い言葉を残す。行ってきた修行のプロセスが人に感動を与える哲学に昇華するのだろう。それに異存はない。

いい結果にしろ、出来栄えが良くなかったにしろ少々かっこいいことばかり書き過ぎた。

誰だってそうだろうが、人は息抜きが必要だ。気分転換が必要だ。この個性溢れる連中が仕事の虫であったはずがない。まだポケットベルすら登場しない時で営業にしろ、サービスにしろ一度事務所を離れたら夜遅くか、翌朝まで顔を合わせることはなかった。

堅い話が過ぎた。仕事を離れた息抜きの場を、事務所周辺のことを少し振り返ってみようと思う。

盛んにはなってきたが、ゴルフはまだまだ高級スポーツで我々安サラリーマンはそう頻繁にプレーできなかった。プレー費は高かったし、趣向の問題もある。

それでもゴルフ大好きなKを含めて何人かで〝松戸オープン〟と称して貧乏ゴルフを楽しんでいた。

ゴルフ場は先述した我孫子ゴルフ倶楽部を筆頭に、この時代でも車で三十分以内で行ける範囲にたくさんあり恵まれていた。私はこの時もう少し熱心にやっていたらそうとうな腕前になっていたろうと悔やまれてならない。

河川敷だの、少しでも安くプレーできるゴルフ場を探した。日曜・祭日に限られていたから結構大変な作業だった。

この頃、野田市が経営する利根川河川敷のゴルフ場ができた。昭和五十一、二年の頃だった。プレー費が三千円くらいだったから、ありがたかった。当時でも一回プレーすると日曜・祭日は三万円くらい取られたと思うからこれは朗報だった。

ただし、申し込みは当然のように殺到するから条件があった。電話での予約に限られていた。それも朝の八時からだった。プレーに参加するものは朝八時になると一斉に管理事務所に電話をかけまくった。当時はジージーとダイヤルするタイプだったから結構時間がかかる。朝八時と同時に電話に飛びつくが、当然のように電話中がほとんどである。

一月前から予約を受け付けたので、その日は朝から一仕事する気分だった。かなりいい加減な支店長であった。それでも始業時間の一時間前、それも数分のうちに決着がついたのでそれほど罪深いものではなかったと考える。

普段は遅刻の常習者だったKが、こんな時はいちばんに会社に来ていたから、私の皮肉の餌食になっていたことは言うまでもない。

小さな、小さなコンペだったが開催が決まると待ち遠しかった。コンペに参加する者はその前日、他の者に悟られぬように早めに仕事を切り上げ近所の練習所に集結した。

幹事は大抵Kが取り仕切ったがいつの間に買ったのか毎回、可愛いカップだの商品が用意されていた。

私の本棚の一角にドラコン賞だのニアピン賞だのの、古くなったカップの数々が置いてあり当時を懐かしく思い出させるのである。昭和五十二〜三年にかけての話である。

事務所は貸しビルの三階にあった。一階にはペリカンというパン屋があり、朝からよい匂いが漂っていた。焼きたてのパンを食べるのも美味しかったが、私は夕方売れ残ったパンのバーゲンセールの常連だった。腹を空かせて帰る仲間のおやつにした。

夕方になるとおばさんたちと世間話をしながら皆の帰りを待つのだった。

そんな折、少し時間があると週刊Aという週刊誌の「デキゴトロジー」というコラムに投書していた。Kという親友が当時その欄を担当しており、仕事に纏わる面白い話があったら書かないかと誘われた。前述の機械引き揚げに関する話だとか、女子従業員採用時のハプニング、M商会という商社の人間と一緒に乗った車が一回転し、九死に一生を得た思い出だのを投書した。週刊誌に載ったり、それが本になって店先で売られている。初めての体験だった。謝礼は一回一万円。妻には内緒の楽しいアルバイトだった。

貸しビルはしょっちゅうテナントが変わった。

ある日、最上階の五階に麻雀荘ができた。狭いビルだったから四、五卓しかなかったと記憶している。こんな商売は普通夜を徹してやるものだが、ここのオーナーは中年の訳ありおばさんの風情で素人ぽかった。

開店の日、我が事務所を訪れ不安そうに「よろしくお願いします」と挨拶していった眼鏡を掛けた顔を不思議と憶えている。このビルで遅くまで残ってるのは我が社と、当たり前の話だがこの雀荘のオーナーだけで、やがて親しくなる。

この頃、営業メンバーでマージャンができるのは私とUだけだった。私はマージャンができることはできたが、マージャンをはじめとして賭け事は一切嫌いで、大学を卒業してからというものほんのたまにしかやることはなかった。

雀荘の彼女と話を交わすうち、なんとなくKやTにマージャンを教えてしまった。教えてしまったというのは失敗だったということである。

Ｋやは私と違って凝り性であった。彼らは点数の数え方を知らなかったから、最初のうちは当然のように私が巻き込まれた。

営業部隊の帰りは遅い。八時、九時になって本社との連絡を終えればもう家に帰る時間である。

私は基本的には全員の顔を見てから家に帰ることにしていた。遅くても十時頃には帰宅していたと思う。本当に悪い世界を教えてしまった。

私は、事務所を閉めて雀荘で彼らの帰りを待つことが多くなった。見方によっては彼女と変な関係に取られかねなかったがそれは絶対になかった。残念ながらそういう魅力を備えぬママだった。

Ｋ、Ｔ、Ｎたちはいそいそと戻るや、簡単にその日の様子を報告してマージャンに入るのだった。

マージャンを始める時間も遅いが、プレーも遅い。半ちゃん三十分でも遅いと思う人がいると思うが、このメンバー、半ちゃん三十分どころかその三倍もかかる。

それでもそれは楽しそうに始めるのである。すぐに十一時、十二時になってしまう。さらに悪いことを憶えた。夜遅いから当然のように腹が減る。手馴れた人がラーメンだのカップヌードルだのを片手にプレーするのはいい。

下手な奴が飯を食いながらやったらこれはもうショバ代を払うためにマージャンをやっているようなものである。やっている当人たちの楽しそうな様子を見ていると、これが実に憎めない。負けが込んだTが「もう半ちゃん」と手を合わせる。覚えたての頃はこれが毎日だからたまったものではない。レートは安く設定していたから金の動きはたいしたことはなかったが、言ったように如何せんショバ代にその多くを取られた。

負けが込み、借金が増え、それとなく返済を催促されるようになるといちばん弱かったNは例によって、冗談めかして「賭けマージャンやっていると警察に言うから」と和気藹藹と過ごした時間が忘れられない。

雀荘のママの話が出たので少しだけ女性に関わることを話そう。

営業所時代、私は女子事務員に全く恵まれなかった。成田営業所時代は不景気で電話番、その他事務関係の仕事をやってくれる女子事務員の採用はまかりならぬということで、一年半ほど事務員さん不在が続いた。一時帰休などという言葉が流行った時代である。初めての城持ちだというのにお茶入れから、掃除、毎日使う経費の小口精算がある。もちろん、営業サービスを含めて六人ばかりの所帯であったから手分けしてやっていたが、スタートからこんな具合だったので以降、上下、男女の差別なく職場の運営にはプラス体験だったと思う。ただ、毎日のように手提げ金庫を持ち帰っては小銭の整理をやっている夫を見て妻はなんと思ったことだろう。やっと、新卒の高校生を雇えたと思ったら松戸営業所へ転勤である。その松戸営業所に赴任するとその日に女子事務員に言われたのは「間もなく結婚するので次の人を探しておいてほしい」だった。そのあとも短い間に何人にも辞められた。

近所に住むIさんが来てからようやく定着した。彼女は二人の娘を持つ人妻だった。明るい性格で、面倒見がよく所員にも、お客さんにも人気があった。

そんなある日のことである。夜、彼女のお母さんから「今日、会社で飲み会があるので遅くなると聞いていたのですが、まだ終わりませんか」という電話を私が受けた。

そんな話はなくその時は「何かのお間違いでしょう」で済ませた。彼女にその話もしなかった。やがて同じような電話を今度は他の男が取った。この間、長いプロセスがあるのだがIさんは独身サービス員のMと恋愛関係になっていた。

よせばいいのに事実関係を糾《ただ》そうと、私はMの上司であったS君にそれとなく探らせた。三面記事の世界だった。話は本当だった。二人の将来を思ってこの話、本当に止めさせようとした。遠まわしに彼女に私は言及した。彼女はしたたかであった。言下に「そんな話はありません」と否定した。MはS君に事実を認めたという。

今にして思えばバカなことをしたと思うのだが、好いた惚れたの話は所詮、他人が介入できるものではないのである。要らぬお節介なのである。皮肉にもこれがきっかけで二人の関係はますます深くなり、私が転勤したあとIさんはMさんになった。

こうなるとIさんは浮気でなく本気だったのであり、Mもまた人の亭主の目を盗んでこそこそ浮気を続ける泥棒猫ではなかったことになる。私などにはとても想像の及ばぬ潔さだと思った。以来、私はこうした類のラブアフェアには決してタッチしないことにした。

話が急に二〇〇〇年代の昨今に飛んでしまうが、パワーショベルを使った犯罪などというとんでもない事件が頻発している。土木建設用の機械だから当然力は強い。

これを使って街角にあるATMを一気に破壊して現金を強奪するというものだ。パワーショベルの汎用性が広いことには触れたが、まさか犯罪現場で使われるようになろうとは誰にも想像できなかったろう。家屋、建物の解体現場を見れば分かるが、この機械を使えばあっという間に物体はごみの山と化すのである。

昭和五十年代前半に戻るが、こんな凶悪かつ被害の大きなものではなかったが事務所の金庫を六年間に二度も壊された。被害は大きくないと書いたが、朝、会社に行くと机は開けられ、金庫が壊されている現場は気持ちが悪い。

何度も触れてきたが我が社は夜遅くまで事務所に居る率が高いのである。犯行は早朝に行われたのであろうが、わずかな現金とたまに夜遅く集金した、それも約束手形くらいを入れるくらいで労力に見合わない事件だったと思う。犯行は松戸市競輪が行われた時にいずれも発生したので、競輪で負けた鬱憤を晴らしていったのだと勝手に想像していた。

中身を取られるより、壊される金庫の損害のほうが大きいと、以来金庫は夜間開け放しにしておいた。何せ大きな金庫をバールのようなものでこじ開け倒されているのである。

皮肉なもので金庫の用を足さない金庫にしてから、再び同様の事件が起きることはなかった。

十一月　One by one（勝利は一打一打の積み重ね）

振り返ればこの時代、日本経済は右肩上がりのグラフを描き続け、その繁栄には終わりがないかに見えた。H商事で見たような負の債権や不良資産も何のものかはであった。日本は戦後、他国からの援助を受けて発展してきた。その借金を返済し、戦争で犯した罪を詫び、今度は援助国に回った世界で唯一の国である。

思うにもの作りの現場から、販売の最前線までこつこつと勤勉に働く国民性が輝かしい成果をもたらしたのだろう。私が子供の頃「メイド・イン・ジャパン」は粗悪品の代名詞だった。ブリキやセルロイドで作られた玩具は子供心に見ても貧弱だった。それがどうだろう。今や、SONY, TOYOTAは世界のブランドだ。「メイド・イン・ジャパン」の品質は世界の信頼を勝ち取った。

パワーショベルの需要はますます拡大し、市場のニーズは小型化、大型化の両方へその生産を誘った。私のようなサラリーマンが一戸建ての家を持てるようになり住宅建設が盛んになった。道路整備、下水道整備が進み需要の形態が変わってきた。多様になった。建設機械と言われた機械が小型化した。造園業者だの、これまで手作業でやっていた現場に機械が導入されるようになった。

この分野は建設機械メーカーと言うより、農業機械メーカーが先に参入していた。彼らのマーケットに重機械メーカーが乱入したと言ってよいかも知れない。

単価が低いし、工数を食うこの分野は過大なノルマを抱えるセールスマンはどちらかと言えば手を出したがらない分野だった。第一、私自身がこんな玩具みたいな機械が、と思っていたのだから意気が上がるはずがない。

セールスマンの工数には限界がある。これだけ多種類の機械を扱うようになるとこれはもう販売チャネルの問題になるのだが、この時はまだこうした機械販売の積み重ねでノルマを達成しなければならなかった。逆に言えば人口密度の極めて高い我がテリトリーでは大型機械の需要は減少し、いかに効率的に数多くの台数をこなすかが課題であった。

「勝利は一台、一台の積み重ねだ」

と本気で自分に言い聞かせ、この時の仲間たちに言い聞かせ続けたいちばん好きだった言葉のような気がする。裏を返せば、ひたすら汗を流すことしか能力のなかった自分が重なるのである。そしてそんな単純な努力で「生きる喜び」みたいな毎日が過ごせるいちばん幸せな時だったのかも知れない。

いや「生きる喜び」だとかは振り返って思う理屈であり、ノスタルジーであって目先の目標に向かって働きぬいたというのが本当だろう。

ここでふと、経済成長の落とし子、産業廃棄物に関わったお客さんのことを思い出した。そして同時に故Nが松戸営業所、のちの松戸支店に残してくれた大きなユーザーのことをうっかり忘れるところだった。

K土木。当時未だ産業廃棄物処理業者というのは業種としてはオーソライズされていず、数も少なかったように思う。本社は埼玉県上尾市にあった。

本来なら当然地元の営業所が担当するところであったが、その現場が他県にあったりすると往々にしてこういうことが起きる。スッポンのKが担当して発見した船橋の砕石業者

N興業のことがそうであったように長い間地元が全く関知しない、知らないユーザーというものがあるものである。

Nは当時柏市、我孫子市に隣接する沼南町という雑木林に囲まれた地区で、K土木の建設廃材処理場を偶然発見した。いや誰かから紹介されたのかも知れない。

我々はこうした現場を通常〝捨て場〟と呼んでおり、建設廃棄物が大雑把に運び込まれ埋められていた。産業の発展に伴い建設現場から発生するこうしたゴミは開発、再開発を問わず増加していた。

どんどん開発が進む東京のベッドタウンを抱える千葉、埼玉ではこうした建設廃棄物の増大は当然予想された。

上尾に居を構えK土木を起こしたOさんは、いち早くこの業種の将来性に目をつけ埼玉県、千葉県に処理現場を確保した。そして産業廃棄物処理業者としての千葉県の正式認可を取った。

私が初めてNに連れられてK土木の現場を訪れた時は既に、Nは専務（社長の弟）に取り入っており、かなり親しいようであった。

現場事務所はごくありふれたプレハブの平屋造りで二棟建っていた。その一棟は社長の両親が毎日手伝いに来るらしく、たまには泊ることもあるようで生活臭があった。社長の両親と分かったのはしばらく経ってからで、最初は近所の老人がアルバイトで建設廃材を金属類やその他に仕分け作業をしているのだと思っていた。生計のためと言うより都会に出てきて持て余しがちな時間つぶしのようであった。これもあとから知ったのだが、この家族は北海道出身で長男である社長がK土木を設立し、ある程度事業が軌道に乗ったので両親を呼び寄せたらしかった。

現場では確か、中型の押しブル（ブルドーザーには押しブルとドーザーショベルの二種類がある）とやはり中型のドーザーショベルがあったような気がする。持ち込まれた建設廃棄物を簡単な仕分けをしてこうした重機で埋め立て、自重で転圧していた。

ブルドーザーそのものは重いがキャタピラー（日本語で無限軌道と言う）を装着しているので接地面積が広く、その重さは見た目ほど地面に伝わらない（専門用語で接地圧が低いと言う）。知らない人のためにもう少し言うと、押しブルドーザーはさらにキャタピラーの形状で一般的に見られるぎざぎざの足を持ったものと、接地圧をさらに低くした軟弱地向けの湿地ブルドーザーがある。こうした建設廃棄物などの埋め立て現場では湿地ブルドーザーが多く用いられる。ちなみに人間が長靴をはいて入っていけるところは普通のブルドーザーは十分入ってゆける。接地圧とはそんなものである。

さて、ブルドーザーは力が強く、自重も重いから埋立て現場では威力を発揮するが、接地圧の低いことが量を埋め立てることに対しては両刃の剣になる。つまりあれほど大きな鉄の塊の機械と人間が自分の足で踏みつぶす転圧力と変わらないという理屈になる。この転圧力、破壊力を併せ持つ機械がこうした現場のために開発された。

柏市役所のWF22T（トラッシュコンパクター）のことを前に書いた。Nはこの事例を社長に話し、この機械を導入すればこの現場が三倍も長持ちすると説いた。役所はともかく民間業者がこの高い機械を購入した事例は未だなかった。

この話が持ち上がった当初、私は二の足を踏んだ。K土木は地元の業者ではないし第一機械を購入してもらった実績が一台もなかった。越境販売である。テリトリー域外にあり、情報が満足にないユーザーに高額な商品を売るという話である。何度も、何度も同じような痛い目にあってきた話である。

K土木上尾本社はK製作所関東支社の近所に所在し、堂々とK土木と書いた看板があがっているのに現地の営業所の営業が訪れている気配がない。CM社が訪問している様子も窺われない。この業界、現在でも不法投棄がしばしば問題となる胡散臭さに満ちた世界であった。外見はともかく、信用不安を抱えていたり、あるいは過去何らかのトラブルがあって地元は取引を避けているユーザーかも知れなかった。

唯一私がこのユーザーに販売を決意した根拠は、近所で重機のサービスをしていたK製作所のフォークリフトディーラーの営業マンが、修理代などのトラブルはないという言葉だけだった。あとはNをとても可愛がってくれ支援してくれた誠実そうな専務を信用するだけだった。

商談そのものは確か頭金一割、残金は割賦手形で二年払いという極めて真っ当な支払い条件をのんでくれた。金額は当時のお金で三千万からするものであった。

のちのち多くの優良ユーザーがそうであるように、価格条件に関してはタフなネゴが要るユーザーになるのであるが、この時は気味悪いくらい簡単に商談が運んだので、逆に「大丈夫かな」と疑ったものだった。

結果的にはのちのちK土木は松戸支店、いや千葉でも一、二を争う台数を購入してくれ、金額を支払ってくれる大ユーザーになるのであるが、そんなことをこの時は知る由もなかった。T興業のアイアンモールの時といい、この商談といい、高額の特殊商品販売の先陣を切ったのはNだったことを改めて感慨深く思い出している。こんな一台一台の積み重ねが今日のK製作所の礎をいや日本経済の礎を築いたのだと確信する。

余談だが、今から十年ほど前の一九九三年六月、K製作所が主催するプロゴルフシニア選手権のプロアマ大会でこのK土木のO社長、T興業のT社長が寺元一郎プロと一緒に回った記念写真が残っている。場所は千葉の佐原スプリングスカントリークラブだった。

余談のついでにこのユーザーとの思い出話をもう一つ書いてしまおう。お付き合いが始まってやがて分かったことだが、O社長は秋田犬に当時凝っていた。仕事に明け暮れる毎日の唯一の趣味だった。今でも覚えているが「栃姫号」という彼の持ち犬は秋田県で開催された大会で日本一になった。私も当時「ノリ」と名づけた紀州犬を飼い始めたばかりだったと思う。一応血統書付きの純粋種であったが品評会に出るような優秀な犬ではなかった。あとで触れるがこの犬のことを私は初めての本にしたのであった。

その後Oさんはゴルフが趣味になる。この十数年後、今触れたプロアマ大会でT興業社長とご一緒させていただく話につながるのだが、実はこのゴルフ、私が勧めて始まった話なのである。Nと上尾の本社を訪れた際、ゴルフの面白さ、楽しさを話すと異様に話に乗ってきた記憶がある。後日、いろんな筋からO社長がゴルフにはまっている話を聞いていたが、この時のプロアマ競技会で初めて相まみえ、その実力、上達振りから頷いたことであった。私が東京都下、東北地区の転勤を終え、小さな会社の代表者をしていた頃の話である。

Nは私が転勤して東北にいた頃K製作所を辞め、独立してタイヤを扱う会社を興したという話を書いた。私が千葉に戻った頃彼の行方は杳《よう》として知れず、やがて不遇な一生を終えたことは先述した。もう一度Nの冥福を祈るものである。

十二月　Change means progress.（ベストの上に本当のベストがある）

進歩のないものは変化と言わない。ニクラウスにして何かを極めたという側面はないのだろうか。訳者は「人の人生もベストなんてことはないのだよ」ということをニクラウスの言葉を借りて言いたかったのだろうか。

会社生活の晩節、私は病との闘いに明け暮れた。もうそんなに長くは生きられまい、それはそれで仕方があるまい、という思いを『スワサンタン　我が闘病』という本にした。実は私は定年退職したら一冊だけ本を書きたいと思っていた。体力のあるうちに一つくらい自分のやりたかったことを実現させたいと思っていた。

定年と同時に予想外に進んでいた病状に慌てて、通院の傍ら『ノリのこと』という本にまとめ百名ばかりの知人に配った。十六年連れ添った愛犬の思い出話だった。「ジャック・ニクラウス語録と過ごした日々」の家庭版だった。生きていた証というほどの大袈裟なものではなかったが、「ノリ」を通じて我が人生の一部を暴露した。

遺書めいた本も書いたし、もういつ死んでもいいや、と病と対峙しながら余生を送ろうとしている私であった。

そんなある日、これは初めて管理職になった成田営業所で出会った機械商社のT君から一通の手紙を貰った。

「会社で激務をこなし、大病を克服し、残された自由な時間をエンジョイしている。年賀状でくつろいだ感じがすべてを物語っている。私もいつかそんな日が来ることを夢見ている」

こう言われたのである。面映かった。

二〇〇二年十月、GOT・GPTなどという肝機能の指標が全く正常値に戻ったのをきっかけに、思い切って妻とアメリカの弟を訪ねた。三年間連日のように続けてきた静脈注射を全く止めた旅であり、病気で臆病風が吹いている私には一大決心のイベントだった。そんなアメリカでの幸せそうな妻との写真を年賀状にした。そこには美術館前で病気どこ吹く風の私と、にこやかに微笑んでいる妻がいる。

T君はその年賀状を見て前述のような感想を述べてくれたというわけである。

T君の手紙に戻ろう。

彼には三人の娘がいる。東北の転勤を終えて、千葉県佐倉市に移り住んだ時いちばん先に家族でその三人娘を連れて訪ねてきてくれた。妻に言わせると、鄙《ひな》には珍しいくらい可愛かった長女の友美ちゃんは、ボーイフレンドがいるという年で美しく育っていた。次女、三女は私が転勤してから生まれた子供たちであった。

余談だが私には子供がいない。できれば一人だけそれも女の子が欲しいと思った。自分の親を振り返ってみて、老後頼りになるのは男の子供ではなく、女の子だと心底思うからである。

彼の三女は宗子《もとこ》ちゃんという。貰った手紙とは別に彼女のことを書いた一通の封書を貰った。許しを得て全文を紹介させてもらおうと思う。

拝啓

綺麗に色づいていた公園の樹々たちも冬ごもりにむけ葉を散らし、散歩道が素敵なじゅうたんを敷き詰めたようになってまいりました。いよいよ本格的な冬の訪れです。

大変ご心配をおかけ致しましたが、おかげさまで三女宗子は無事、脳の悪い部分を全て摘出する手術を終え、このたび虎ノ門病院を退院することができました。これもひとえに皆様方の温かい励ましとひたすらな思いやりに満ちた祈りが通じたものと心から感謝する次第です。本当にありがとうございました。

早いもので娘が倒れてから、もうじき一年になってしまいます。昨年十二月十三日の夜、娘の友達からの連絡で駆けつけた日赤病院、会わせて貰えずただじっとドアの外で待つだけの空しい数時間、頭をよぎるのは三年前にはじめてこの子が倒れた時に読みあさった脳内出血の本に書いてあった数々の事柄・・・、ただただこの子の強い生命力に期待するしかありませんでした。昏睡状態のまま人工呼吸器により息をしている娘にやっと会わせてもらうことができ、医師からの説明を聞き、先ずは生きている事にホッとしているのもつかの間、娘の意識レベルが低下をはじめ、夜中にもかかわらず急遽行われた緊急手術。

またしても待つだけの数時間。医師の説明はとてもよく言葉を選んで話されていたのが分かっていたが、この手術を前にしての説明は言葉を選ばず単刀直入であった。手術の待合室には私達の関係者以外には誰もおらず静かに時間だけが過ぎてゆくようで、私たちはひたすら手術の成功を祈るだけでした。「手術が終わりました」看護師さんの声が聞こえた時、あの時の安堵の気持ちはこの後行われた何回かの手術とはまた違っていて、いまだに忘れることが出来ません。生きて手術室を出てきた娘は懇々と眠りつづけ、いくにちも、いくにちも目を覚ますことがありませんでした。十二月十九日夜、何の反応もない宗子にいつもの通りみんなが話しかけていた時、静かに目が動きこちらの呼びかけに反応が出ました。昏睡状態からの回復です。待ちに待った瞬間でした。「やっと正月が迎えられる」変な話ですがこれが正直なわたしのこの時の感じでした。喜んだのもつかの間次の日にはまた意識の回復は感じられず元の無反応の状態となりました。でもその日を境に断片的に目が動く時が出始め、少しずつ回復に向かってくれたのでした。

その後はまさに一進一退を繰り返し一月十二日の再度の脳出血も乗り越え、数度の手術の末、四月には自宅に一時帰宅が許され、次々に襲う死への恐怖と戦いながらのリハビリにも懸命に絶えて九月の開頭外科手術に挑戦するまでに至りました。十六時間に及ぶ大変な手術でしたが何とかこれも乗り越えやっと今回無事退院することができました。

この手術により、もう頭の中の悪い部分は全て摘出されたので基本的に再出血の心配はなくなりました。これからは今までの脳出血により損なわれた機能の回復に向け千葉のリハビリセンターへ転院してリハビリに専念します。当面の目標としては、自分で寝返りができること、言葉で意思が伝えられるようになること、そして立っていられるようになることです。

こんな簡単に思えることが今のレベルから見ると、とても遠い目標のように思えます。でも、本人の生命力の強さは日赤病院の先生も、虎ノ門病院の先生も初めて遭遇したと驚くほどの強い生命でした。ともかく本人はまだ若く、回復力にあふれております。長い長い道にはなりますが家族みんなでこの道を一歩ずつゆっくり歩んで行こうと思います。

本来であればお伺いして御礼申し上げなければならないところでございますが、いまだ全介護状態のため、事情ご推察のうえ書面にてお許し頂きたいと思います。

最後になりましたが向寒の折、お身体ご自愛下さいますようお祈り申し上げます。
本当にありがとうございました。

敬具

平成十四年十一月三十日

最近私は「比べて俺は」という言い方はしないように努めている。なぜなら人の境遇、運不運は比べようがないのである。「俺はまだましの方だ」「比べて俺はなんと幸せだろう」などという言い方は人の不幸を踏み台にして、自分の幸福の世界に逃げ込もうとしている自分を見るからである。もしかしたら病気を売り物にしている自分が見え隠れしているからである。

ただ一点、娘の命が永らえることだけを叫んでいるT君から「夢見る日々」と言われて言葉もなかった。

T君との付き合いは「ジャック・ニクラウスと過ごした日々」の二年程前から始まる。K製作所の機械を国内販売するMという商社で、成田営業所では私たちと同居し一心同体みたいにして働いた仲間であった。私の属した会社は前にも書いたがメーカーの直接従業員も一緒に販売していたから、同じユーザーで競合するようなこともあり苦労していた。私のほうはKという業界では名の知れたメーカーで、ブルドーザーのK製作所といえば大抵は話を聞いてくれたが、彼は機械専門商社で名門だが余り名前も知られていない商社の看板で負けずに商売していた。温和な、心優しい人間だったが負けず嫌いは半端でなく、私が例えば客を十軒訪問すれば十五軒訪問する、十二時間働けば十六時間は働いてしまうというような頑張り屋さんだった。松戸営業所で週刊誌に投書していたことを書いたがそこでも登場する。彼との成田営業所時代の武勇伝は、仕事の日々は、空港闘争を含めて枚挙に暇がないのだが、本稿の時期とは離れるのでこれくらいにしておこう。

頂いた手紙を披露するだけで彼の人となりが分かろうというものだ。

確かに病との共存を基礎にして、余生を計算して出発した六十からの人生であった。こと病気に限って言えば確かに努力をしてきたと思う。しかしそれは、「快気祝い」というパーフェクト・リカバリーはないという前提に立つものであった。

ところが言ったように「これは快気祝いだ」と思われるような「あれから三年」を迎え

たのである。

今はまたしても至福の時なのである。人生これ以上の喜びはない日を迎えているのである。健康を前提にした幸せ感は会社人生を始めたところで味わった。またしても、とは二十四歳の時、胆嚢を摘出して胆石の痛みから解放された時味わった、震えるような幸福感を今でも憶えているからである。

「人間、健康さえあれば他に何も要らない」と人生を達観したような時期であった。その時受けた輸血が原因で重度の肝炎を患った。

くどいようだがこの時罹炎した（と思われる）C型ウイルスに蝕まれて以来四十年後の第二の幸福感を味わっているのである。

思うに幸せの形はさまざまだ。尺度も定かでない。人生のあらゆる局面でそれは垣間見るものだと思う。その一つ一つを、例えば健康の、あるいは仕事の一つ一つを一生懸命追い続ける間に垣間見るものだと思う。今、垣間見ている幸せもいつまで続くか分からない。

最近家にいることが多くなって妻と会話する日が増えたある日、彼女がぽつんと言った。「あの頃、あなたは背中が輝いていた」。「ジャック・ニクラウス語録と過ごした日々」を振り返るきっかけであった。妻にそんな感慨を抱かせた日々を語ろうと思った。働くということの意味を今一度問いたいと思った。

一九九九年十二月。区切りのいい年に定年退職した。病気をしたせいで、もう働かなくていい、特別な借金もないし贅沢をしなければ年金生活でいいと、ある意味ポジティブであった。生来が怠け者気質であるうえ、何度も言うが健康を害して体力・気力を失って「明日から会社に行かなくていいのだ」が、たまらなく嬉しかった。三年を経た今でも体調が優れない日や天気が悪い日は「ああ、今日も休みなのだ」とホッとしている自分がいる。「これでいいのだ」と一生懸命己に言い聞かせている自分がいる。言い聞かせるということは何か納得がゆかない今一人の自分がいるということである。

そして多くのサラリーマンがそうだろう。やりたいことはあってもやりたいようにはやれない。なりたいものにはなれない。その一部がよしんば思い通りにいったとしてそれは決して満足のいくものではない。これでいい、ということには決してならない。そのことだけは分かった。よく分かった。

一時代を走りぬいて振り返ってみれば、いや今、周りを見渡してみれば「こんなはずじゃなかった」と思うことばかりである。良かれと思って努力した結果が、思うに任せぬことばかりである。いつの世もいつの時代もこの繰り返しだろう。

「人類は常に、家庭と職場の双方を持っていました。家庭は愛の関係、職場は責務が主体で、これは世界各国、ほぼどの時代も変わらない。その職場で与えられた仕事をこなすことを要求され、達成すると「信」という徳が生まれてきます。

あいつにこの仕事をさせたら正直だから信頼できる。さらに、仕事は遅いが誠意があるとか、どんな困難からも逃げないとか、人は信頼に足る何かを持っているものです。それは与えられた責務や仕事に応えるという積み重ねで生まれてくる。時間はかかるけれど、組織の中心をなす徳です。経営者も管理職も、その下で働くすべての職業人がこの「信頼」を日々積み重ねる気持ちで働かねばならない。

日本人は働きすぎだと非難されますが、日本人は労働の場に楽しさや徳を見出せるのです。そして同時に、家庭での愛をないがしろにしてはならない。どのような状況になっても、自分の働く誠意と家族があれば、人生には光がさします」

これは『朝日新聞』の求人広告欄で梅原猛氏が語る「仕事は日本人の生きる歓び」という一節をお借りしたものである。「ジャック・ニクラウス語録と過ごした日々」を総括してもらったような文章を見つけた思いであった。

最後に自分の現在を書こうと思う。

「趣味に生きる」などと言う。これをやっていれば時間の経つのを忘れる、というのが趣味だとすれば私はそういうものを何も持ち合わせない。近頃、習い始めた英会話で"What do you do in your free time ?"（趣味は何）などと聞かれるといちばん困る。適当にあしらっておけばいいじゃないかくらいの話だが、気障に言うなら実存を問われる話なのである。

退職して二、三年は前述したように病に追いまくられたし、一冊だけは書こうと思った本が出版できたりして退屈どころではなかった。自分でも思ったたし、妻にも「こんなにまめな人だとは思わなかった」と言わしめた毎日だった。

土日、祝祭日ばかりの生活なんてどんなことになるのだろうなどという懸念は無用だった。三日にあげず通う病院での注射の日々。今度はせっせと闘病生活を文章にした。

そうした合間に小さな畑を借りて野菜作りをした。庭の草むしりはする、手紙代わりにメールで友達とのやり取り……。そしておしゃべり。闘病生活というより病気と共存する日々は変な話 positive に満ち満ちていた。

こんな生活が奇跡を呼んだのであろうか。これも前述したがC型肝炎ウイルスが消えみるみる健康を取り戻してきた。そして妻とアメリカの弟を訪ねる話になるのである。

ひとまず病気から解放されT君から羨ましがられるような時間を得た。反面、「病気」という大義を得て「もうゆっくり、ゆったり余生を送ればいい」という逃げ口上が通用しなくなった。いい意味でも、悪い意味でも人生、計算通りにはいかないものである。

「病院通い」を人生のスケジュールに組み込んだ半ば諦めに似た時間がいつの間にかPositive thinkingの中心となっていた。従がって一瞬生きる支えをなくしたように空ろな時間が襲ってきた。

病院通いに要する時間がなくなって余った時間を持て余している自分がいた。おかしな矛盾の中に放り出された。人は誰でもこんな矛盾の繰り返しで一生を終えるのだろうか。いや、矛盾などではなくある意味、病院通いが「仕事」だったのである。「仕事」とは日常の糧を得るためのものと同時に、人生という時間の中で退屈を凌ぐ大きな部分なのである。

なんていうことはない、「闘病」が「仕事」の一部になっていたのであった。いささかこじつけがましいが暇な時間をネガティブにしないための手段となっていたのであった。退屈な時間を埋める手段だったのであった。

いやいや、これは大変不遜な言い方だ。「自分に限って言えば」と言い直そう。人間何かにひたむきに対峙する時、対峙していた時が、例えば妻が言った「背中が輝いていた」というような時間なのだろうと思う。病気と対峙していて「背中が輝いている」とは言いがたいだろうが、病気も捉え方でポジティブになる。そんな時間が長く持てる人の人生は充実しているということだろう。

趣味が仕事の延長線上にある人は幸せだ。アメリカに弟がいると書いた。彼は兄貴と違ってサラリーマンに疑問を感じ、弦楽器を作る職人になった。それで生計が立てられるようになって二十五年が経つから成功者の部類に入るだろう。こうした例は稀でほとんどの人が私のような、特に望んだわけではない職業に就き人生の大半の時間をそこで過ごす。それでも自分が気づかずに過ごした日々に輝く時間があった。これからもある、と信じよう。

退職して四年になる。人生に倦《う》んだ、あるいは希望なく生きる老いは迎えたくない。残された老死の部分をやせ我慢してでも「かっこよく」生きたいと思うのである。少なくとも次の世代からあんな爺にはなりたくないと思われないように背筋を伸ばして生きたいと思う。それは姿・形かも知れない。それは心の形かも知れない。

What do you do for a living?（仕事は）

What do you do in your free time ?（趣味は）

週三回注射に通う時間がぽっかりと空いた。ふと、昔、あんなに一生懸命勉強したのに何ら役に立つことがなかった英語を勉強し直そうと思った。書いてきた文章の中にやたらと横文字が出てくる理由《わけ》である。今更英会話でもないだろうという自分がいる。六十過ぎてそんなに上達することもないだろうとも考える。

だが病院通いにかけていた時間を、同じくらいのコストで、同じくらいの時間が勉強に充てられるのである。

病院通いが英会話に変わった。変えられた。これを一挙両得と言わずとして何と言おうというものだ。

今、私が「仕事」の一つにしている「英会話」を一生懸命やってゆくとどういう展開に自分の人生はなるのだろう。こういうものは普通"for a living"のための手段なのだろうが、ともかく踏み込んでみれば何かが見えてくるだろう。展開があるだろうと言うものだ。そう願う。

"for a living"でも"in my free time"でもどっちでもいいと思う。まずは一生懸命目の前の仕事に取り組んでみることだ。さすれば仕事が趣味に、趣味が仕事に転化するかも知れない。そして「背中が輝いて」見える時間で埋まるかも知れない。

あとがき

イラクなる　砂の嵐は　おさまりし
　　幹空洞の　梅咲けるとき

土曜日（NHK・3チャンネル）に歌壇・俳壇の番組がある。誰の作品か分からないがその時メモした歌である。

この春、三十年近くも連れ添った梅の盆栽を枯らせてしまった。素人が仕立てているものだから特別に姿かたちがいいものではなく、種類もごくありふれた紅梅であった。

昔（昭和四十九年）成田にいた頃初めての部下となった一人、H君がお客さんから貰ったということで一鉢持ってきてくれたものであった。

その頃は東京国際空港建設の途上でいわゆる成田闘争の末期であった。我が家は公団住宅の五階に住まいしていて、その梅鉢はベランダで最初の盆栽となった。

「道知辺」という名札がついていて、これを「道しるべ」と読んだらいいと分かったのは大分あとになってのことであった。私はこの梅を「どちべえ」と呼んでそれなりにとても可愛がり、その呼称はやがて愛着になっていた。

「桜切る馬鹿、梅切らぬ馬鹿」ということだけは知っていたので、毎年花が終わり勢いよく芽を吹き出すと適当に枝を刈り込むことだけはしていた。唯一の手入れであった。

今年も例年のように花を咲かせて、当たり前のように新芽をつけた。主幹は三十年近い歳月、特に手入れもしなかったものだから空洞こそないものの、半分くらい朽ち果てていた。

暇になったのだから何とか手当てをしなければとは、ここ数年思っていた。

二週間ほど前「どちべえ」が葉を落とし無惨な姿をさらしているのを発見した。愕然として妻に「どちべえ」が死んでしまったと告げた。

ここのところろくな水遣りもせず、この梅の生命力を当たり前のように信じていた自分にえらく腹が立った。植物だって死ぬのである。

思えば成田のベランダを出てから「どちべえ」は何回転勤に付き合っただろう。喜怒哀楽が瞬間的でない分、私の受けた衝撃は大きかった。ノリ（愛犬）が死んだ時よりもある意味悲しかった。多分に情動的であるが、残された自分の余生が重なった。そんな年を迎えていると思った。


何を大袈裟にと言われるかも知れない。私のあまりの落胆振りに妻はたった一枚小さな葉の残る鉢を見て「まだ生きているわよ」と慰めを言った。私はもうその時、庭の片隅に埋めてモニュメントのように残そうと思っていた。

そんな思いが通じたのか数日して、一本の枝に数個、わずか二ミリほどの芽が復活したのである。この先どうなるか分からない。今年を乗り切れるかどうかも分からない。せめて主幹がこれ以上腐らぬよう手当しようと思った。

これが精一杯だった。

それから間もなくして「どちべえ」は死んだ。考えた通りノリを埋めようとした庭の片隅に埋めた。
(以上までは昨年五月、親友二人にメールしたものでイラクの砂の嵐は未だ収まっていない)

これも会社人生の中で「いい仲間」に関わる思い出の一つである。娘さんのことで登場してもらったT君らと、一緒に働いていたH君から貰った梅の話である。

ことほど左様にこの頃仕事した仲間はいい思い出でつながっている。親、兄弟、妻子と過ごすよりも長い時間私たちは食うため、食わすため会社に時間を割いてきた。同僚と相まみえてきた。

遺書めいた本を書いてから三年。こんな生意気が書ける今を、いろんな意味で私を生かせてくれた人たちとの出会いに感謝したいと思う。
最後に仕事とはいえ稚拙な文章に付き合ってくれた文芸社の皆さん、ありがとう。

著者プロフィール

飯塚　功（いいづか いさお）

1939年生まれ。群馬県出身。
県立前橋高校卒業。
早稲田大学第一商学部卒業。
『ノリのこと』（朝日出版サービス）。
『スワサンタン―我が闘病―』（文芸社）。
千葉県我孫子市在住。

いい仲間　いい仕事　ゴルフ語録と駆け抜けた日々

2005年2月15日　初版第1刷発行

著　者　飯塚　功
発行者　瓜谷 綱延
発行所　株式会社文芸社
〒160-0022　東京都新宿区新宿1－10－1
電話　03-5369-3060（編集）
03-5369-2299（販売）

印刷所　株式会社平河工業社

ISBN4-8355-8556-9